16	3	2	13
5	10	11	8
9	6	7	12
4	15	14	1

Coleção LESTE

Fiódor Dostoiévski

UM PEQUENO HERÓI

Tradução, posfácio e notas
Fátima Bianchi

Xilogravuras
Marcelo Grassmann

editora 34

EDITORA 34

Editora 34 Ltda.
Rua Hungria, 592 Jardim Europa CEP 01455-000
São Paulo - SP Brasil Tel/Fax (11) 3811-6777 www.editora34.com.br

Copyright © Editora 34 Ltda., 2015
Tradução © Fátima Bianchi, 2015
Xilogravuras de Marcelo Grassmann © Paulo Grassmann, 2015

A FOTOCÓPIA DE QUALQUER FOLHA DESTE LIVRO É ILEGAL E CONFIGURA UMA
APROPRIAÇÃO INDEVIDA DOS DIREITOS INTELECTUAIS E PATRIMONIAIS DO AUTOR.

Título original:
Málenki guerói

Imagem da capa:
Detalhe de xilogravura de Marcelo Grassmann, 1958

Capa, projeto gráfico e editoração eletrônica:
Bracher & Malta Produção Gráfica

Revisão:
Alberto Martins, Cecília Rosas

1ª Edição - 2015 (3ª Reimpressão - 2024)

CIP - Brasil. Catalogação-na-Fonte
(Sindicato Nacional dos Editores de Livros, RJ, Brasil)

Dostoiévski, Fiódor, 1821-1881

D724p   Um pequeno herói / Fiódor Dostoiévski;
tradução, posfácio e notas de Fátima Bianchi;
xilogravuras de Marcelo Grassmann. —
São Paulo: Editora 34, 2015 (1ª Edição).
88 p.   (Coleção Leste)

Tradução de: Málenki guerói

ISBN 978-85-7326-599-6

1. Literatura russa. I. Bianchi, Fátima.
II. Grassmann, Marcelo, 1925-2013. III. Título.
IV. Série.

CDD - 891.73

UM PEQUENO HERÓI

Um pequeno herói 7

Posfácio da tradutora... 63

UM PEQUENO HERÓI

Tinha na época pouco menos de onze anos. Em julho, deixaram que me hospedasse num vilarejo nas imediações de Moscou, na casa de um parente, T...v, onde se encontravam reunidos na ocasião uns cinquenta convidados, ou talvez até mais... não me lembro, não contei. Havia muito barulho e alegria. Parecia uma festa que começara com o propósito de não acabar nunca. Parecia que nosso anfitrião havia prometido a si próprio dissipar toda a sua imensa fortuna o quanto antes, e ele conseguiu mesmo, não faz muito tempo, justificar essa conjectura, isto é, dissipar completamente tudo, sem deixar nada, até a última migalha. A todo instante chegavam novos convidados. Moscou mesmo ficava a dois passos, bem à vista, de modo que quem partia apenas cedia lugar a outros, e a festa seguia seu curso. As distrações sucediam umas às outras e os passatempos pareciam não ter fim. Ora era um passeio a cavalo pelos arredores em séquitos inteiros; ora era um passeio pela floresta ou pelo rio; piqueniques, jantares ao ar livre; ceias no grande terraço da casa, rodeado por três fileiras de flores preciosas que inundavam o ar fresco da noite com seu perfume, sob uma iluminação deslumbrante, que fazia nossas damas, quase todas bonitinhas sem exceção mesmo sem isso, parecerem ainda mais encantadoras, com o semblante animado pelas impressões do dia e os olhos cintilantes, com suas conversas vivas entrecruzadas, que vibravam com um riso sonoro como uma campainha; danças, música, canto; se o céu ficava carregado, criavam *tableaux vivants*,[1] charadas e provérbios; improvisavam um teatro doméstico. Apareciam parlapatões, contadores de histórias, bons oradores.

Algumas pessoas se destacavam nitidamente no primeiro plano. Claro que a maledicência e o mexerico corriam soltos, já que sem eles o mundo nem mesmo existiria e milhões de pessoas morreriam de tédio, como moscas. Mas pelo fato de ter onze anos, de estar absorvido com coisas completamente diferentes, nem sequer notava essas pessoas nessa época, e, mesmo que tenha notado algo, não foi tudo. Só depois acabei lembrando de algumas coisas. Só o lado reluzente da cena saltava aos meus olhos infantis, e essa animação geral, o esplendor, o ruído — tudo isso, que até então nunca vira nem ouvira, causou-me tal impressão que nos primeiros dias fiquei completamente aturdido e minha cabecinha chegava a girar.

Mas continuo a falar dos meus onze anos e, é claro, eu era uma criança, não mais que uma criança. Muitas dessas belas mulheres, ao me acariciar, ainda nem sonhavam em levar em conta a minha idade. Mas que coisa estranha! Já era dominado por uma sensação incompreensível a mim mesmo; alguma coisa já me sussurrava no coração, algo que ele até então ignorara e lhe era desconhecido, mas por que motivo ele às vezes ardia e palpitava, como que assustado, e meu rosto quase sempre se cobria de um rubor intempestivo? Por vezes me sentia como que envergonhado e até mesmo ofendido por meus vários privilégios infantis. Outras vezes era invadido por uma espécie de assombro, e eu saía para me

---

[1] No original, *jivíe kartíni*, literalmente "quadros vivos". Trata-se de uma diversão corrente na Europa ilustrada dos séculos XVIII e XIX, que consistia em dispor as pessoas de modo a reproduzir ou evocar um quadro célebre. (N. da T.)

refugiar em algum lugar onde não pudesse ser visto, como que para recobrar o alento e me lembrar de alguma coisa que até então parecia-me lembrar bem e que agora de repente esquecera, mas sem o que, entretanto, até então não poderia apresentar-me em lugar nenhum, nem mesmo poderia viver.

Ou, por fim, parecia-me estar escondendo alguma coisa de todos, mas o quê, não revelaria a ninguém por nada no mundo, porque eu, que era pequeno, estava a ponto de chorar de vergonha. Em meio ao turbilhão que me rodeava, logo comecei a sentir uma certa solidão. Havia outras crianças ali, mas eram todas ou muito mais novas ou muito mais velhas que eu; e, além disso, não me importava com elas. É claro que nada disso teria acontecido comigo se não estivesse numa situação excepcional. Aos olhos de todas aquelas belas damas eu não passava de uma criatura pequena e informe, que gostavam de acariciar e com quem ao mesmo tempo podiam brincar como se fosse um boneco. Sobretudo uma delas, uma loira fascinante, com uma cabeleira tão basta e exuberante como jamais vira antes e com certeza nunca tornarei a ver, que parecia ter jurado não me dar sossego. O riso que ressoava em torno de nós me desconcertava, mas deixava-a alegre, e ela a todo instante o provocava com as brincadeiras cortantes e estouvadas que fazia comigo, o que parecia proporcionar-lhe imenso prazer. Nos internatos, entre as amigas, certamente a teriam apelidado de "colegial". Ela era maravilhosamente bela, e havia algo em sua beleza que saltava aos olhos à primeira vista. E é claro que não se parecia nada com aquelas menininhas lourinhas recatadas, branquinhas como penugem e ternas como ratinhos brancos ou como as filhas dos pastores. Era um pouco roliça e não muito alta, mas tinha os traços do rosto delicados e finos, encantadoramente desenhados. Havia algo nesse rosto que fulgurava como um relâmpago, e, de fato, ela era toda como o fogo, viva, ágil e ligeira. Os olhos grandes, abertos, pareciam lançar centelhas;

Um pequeno herói

brilhavam como um diamante, e eu nunca trocaria uns olhos azuis faiscantes como esses por quaisquer olhos negros que fossem, ainda que fossem mais negros do que o mais negro olhar andaluz, pois a minha loira, realmente, valia tanto quanto a famosa morena cantada pelo maravilhoso e célebre poeta, em cujos versos magníficos jurou a toda Castela que estava pronto a quebrar os próprios ossos se lhe fosse permitido tocar, mesmo que com a ponta de um dedo, a mantilha de sua beldade.[2] Acrescento a isso que a *minha* beldade era a mais jovial de todas as beldades do mundo, a risonha mais estouvada, travessa como uma criança, apesar de estar casada havia uns cinco anos. O riso nunca lhe desaparecia dos lábios, frescos como uma rosa matinal cujo botão escarlate perfumado acabara de se abrir ao primeiro raio de sol, no qual as grossas gotas frias de orvalho ainda nem secaram.

Lembro-me de que no dia seguinte à minha chegada foi organizado um teatro amador. A sala estava, como se costuma dizer, completamente lotada; não havia um único assento livre; e eu, que por algum motivo cheguei atrasado, fui então obrigado a apreciar o espetáculo de pé. Mas a encenação, que era divertida, arrastava-me cada vez mais para a frente, e eu, sem me dar conta, fui abrindo caminho até chegar às primeiras fileiras, onde, por fim, detive-me, apoiando-me com os cotovelos no encosto de uma poltrona em que estava sentada uma dama. Era a minha beldade loura; mas ainda não nos conhecíamos. E eis que, como que por acaso, pus-me a contemplar seus ombros sedutores, maravilhosamente arredondados, roliços e brancos como a espuma do leite, embora para mim desse na mesma olhar para os ombros formosos de uma mulher ou para a touca com fitas escarlates que cobriam os cabelos encanecidos de uma senhora respeitável na primei-

---

[2] Referência ao poema "A andaluza", de Alfred de Musset (1810-1857). (N. da T.)

ra fileira. Ao lado de minha beldade loura estava sentada uma solteirona, uma dessas que, como tive depois a chance de observar, sempre se abrigam em algum lugar o mais próximo possível de mulheres jovens e bonitas, escolhendo aquelas que não gostam de afugentar os jovens. Mas isso não vem ao caso; assim que reparou o meu olhar fixo, essa senhorita inclinou-se para a sua vizinha e, com um risinho malicioso, sussurrou-lhe qualquer coisa ao ouvido. A vizinha virou-se subitamente, e lembro-me de que seus olhos ardentes cintilavam de tal modo ao fitar-me na penumbra que eu, despreparado para o encontro, estremeci, como se houvesse me queimado. A beldade sorriu.

— Gosta do que estão encenando? — perguntou ela, fitando-me nos olhos com um ar malicioso e zombeteiro.

— Sim — respondi-lhe, continuando a olhá-la com uma espécie de admiração que, pelo visto, a agradava.

— Mas por que está de pé? Assim, há de se cansar; por acaso não há mais lugares?

— Isso mesmo, não há — respondi, dessa vez mais preocupado comigo mesmo do que com os olhos cintilantes da minha beldade, e alegrando-me de verdade por ter enfim encontrado um bom coração a quem podia confiar a minha infelicidade. — Já procurei, mas as cadeiras estão todas ocupadas —, acrescentei, como se me queixasse a ela pelo fato de as cadeiras estarem todas ocupadas.

— Venha aqui — disse-me ela com vivacidade, tão pronta para tomar decisões como para aceitar qualquer tipo de ideia disparatada que lhe viesse à cabeça estouvada —, venha aqui, para junto de mim, e sente-se no meu colo.

— Em seu colo — repeti, perplexo.

Já disse que meus privilégios começavam deveras a ofender-me e envergonhar-me. Ela, como que por zombaria, fora bem mais longe que os outros. Além disso, eu, que mesmo sem isso sempre fora um garoto tímido e acanhado, começava então a me sentir particularmente intimidado diante das mulheres, e por isso fiquei terrivelmente desconcertado.

— Sim, claro, no meu colo! Por que você não quer vir se sentar no meu colo? — insistiu ela, começando a rir cada vez mais forte, tanto que, por fim, pôs-se a rir sabe Deus do quê, provavelmente de sua invenção ou por achar engraçado que eu estivesse tão desconcertado. Mas era isso mesmo o que queria.

Fiquei ruborizado e lancei um olhar aflito em redor, tentando encontrar um lugar onde me refugiar; mas ela já havia se antecipado a mim e conseguido de alguma maneira pegar-me a mão, justamente para que não fosse embora, e puxando-a para si de repente, de modo completamente intempestivo, para meu grande espanto, apertou-a dolorosamente entre seus dedinhos cálidos e travessos e começou a esmagar-me os dedos, mas com tanta força que tive de fazer um tremendo esforço para não me pôr a gritar, e com isso eu fazia as caretas mais engraçadas. Além disso, estava terrivelmente espantado, perplexo e até mesmo horrorizado com a descoberta de que havia senhoras tão engraçadas e más, que falam com meninos tamanhas bobagens e chegam até a beliscar-lhes os dedos com tanta força, sabe Deus por quê, e na frente de todo mundo. É provável que meu rosto infeliz refletisse toda a minha perplexidade, pois a travessa ria na minha cara como uma louca, e enquanto isso esmagava e beliscava meus pobres dedos cada vez com mais força. Ela estava fora de si de êxtase por conseguir deixar um pobre menino constrangido e desconcertado e reduzi-lo a pó. Minha situação era desesperadora. Em primeiro lugar, ardia de vergonha, porque quase todos ao redor se voltaram em nossa direção, uns, perplexos, outros, rindo, ao perceber imediatamente que a beldade estava aprontando alguma estrepolia. Além disso, tinha vontade de gritar de pavor, porque ela me apertava o dedo com tanta crueldade justamente pelo fato de eu não gritar; e eu,

como um espartano, estava determinado a suportar a dor, temendo gritar e causar um rebuliço, após o quê, nem sei o que seria de mim. Num acesso de completo desespero, comecei enfim a lutar e me pus a puxar a mão com toda força, mas minha tirana era bem mais forte que eu. Finalmente, não pude mais suportar e soltei um grito — era só isso que ela esperava! Soltou-me no mesmo instante e virou-se como se nada tivesse acontecido, como se não tivesse sido ela a fazer a travessura, mas alguma outra pessoa, tal qual uma colegial qualquer que, mal o professor dá as costas, já teve tempo de fazer alguma travessura pela vizinhança, de beliscar algum menino mirrado e fraco, de dar-lhe um piparote, um chute ou uma cotovelada, e num piscar de olhos torna a se virar, a se recompor, a se debruçar em seu livro e se pôr a repisar a lição e, desse modo, deixa com uma inesperada cara de tacho o enfurecido senhor professor, que se lança como um gavião na direção do barulho.

Mas, para minha sorte, a atenção geral nesse momento estava voltada para a atuação magistral do nosso anfitrião, que desempenhava o papel principal na pecinha representada, uma comédia de Scribe.[3] Todos começaram a aplaudir; eu, aproveitando o ruído, esgueirei-me para fora da fileira e fugi para o outro extremo da sala, para o lado oposto, de onde, escondido atrás de uma coluna, olhava com horror para o lugar em que se sentava a pérfida beldade. Ela ainda continuava a rir, cobrindo os lábios com o lenço. E ficou muito tempo ainda voltando-se constantemente para trás, perscrutando-me em cada canto com o olhar, provavelmente lamentando muito que nossa extravagante peleja houvesse terminado tão cedo e já tramando alguma outra travessura.

---

[3] Augustin Eugène Scribe (1791-1861), dramaturgo e libretista francês, muito conhecido na Rússia nos anos 1840. (N. da T.)

Foi assim que começou nossa amizade, e desde essa noite já não dava mais um passo sem mim. Perseguia-me sem trégua e sem escrúpulos, passara a ser minha opressora e tirana. A comicidade toda das troças que me pregava consistia em fazer de conta que estava perdida de amor por mim e provocar-me na presença de todos. É claro que para mim, um verdadeiro selvagem, isso tudo era tão penoso e vexatório que me fazia chorar, tanto que por várias vezes me vi numa posição tão grave e crítica que estive a ponto de me atracar com a minha pérfida adoradora. Meu embaraço ingênuo e minha angústia desesperada pareciam incitá-la ainda mais a me perseguir; ela não sabia o que era a compaixão, enquanto eu não sabia onde me enfiar para fugir dela. O riso que ressoava à nossa volta, e que ela bem sabia provocar, só fazia inflamá-la para novas traquinadas. Mas, afinal, começaram a achar que suas brincadeiras estavam indo um pouco longe demais. E, de fato, pelo que me lembro agora, ela se permitira uma liberdade excessiva com uma criança, como eu era.

Mas esse era seu caráter: ela era, em todos os aspectos, uma criança mimada. Ouvi dizer depois que quem mais a mimava era o próprio marido, um homem bem rechonchudo, de baixa estatura, muito vermelho, muito rico e muito ocupado com os negócios, pelo menos aparentemente: inquieto e atarefado, não conseguia passar duas horas no mesmo lugar. Todos os dias nos deixava para ir a Moscou, chegando a ir até duas vezes ao dia, e sempre, como ele mesmo nos assegurava, a negócios. Seria difícil encontrar uma fisionomia mais alegre e bonachona do que a dele, cômica e ao mesmo tempo sempre correta. Não só amava a esposa perdidamente, a ponto de despertar piedade: ele simplesmente a venerava como a um ídolo.

Ele não a constrangia em nada. Ela tinha amigos e amigas em quantidade. Em primeiro lugar, eram poucos os que não gostavam dela; e, em segundo, a própria cabeça de vento não era nem um pouco exigente na escolha de seus amigos — embora no fundo fosse muito mais séria do que se pudesse supor, a julgar pelo que acabo de dizer. Mas, de todas as suas amigas, a que ela mais amava e preferia era uma jovem, uma parente distante, que na época também fazia parte do nosso grupo. Entre elas havia um laço afetuoso e sutil, um desses laços que surgem por vezes do encontro de duas personalidades muitas vezes completamente opostas uma à outra, das quais uma é mais austera, mais profunda e mais pura, enquanto a outra, com uma humildade sublime e um nobre senso de autocrítica, submete-se a ela amorosamente, ciente de toda a superioridade dela sobre si, e encerra a sua amizade no coração como uma felicidade. É aí que começa essa delicadeza terna e nobre nas relações desses caráteres: amor e condescendência, de um lado, e amor e respeito, de outro — um respeito que chega a beirar uma espécie de pavor, de temor por si aos olhos daquele que se tem em tão alta conta, que chega a um desejo ávido e ciumento de a cada etapa da vida aproximar-se cada vez mais de seu coração.

As duas amigas tinham a mesma idade, mas entre elas havia uma diferença incomensurável em tudo, a começar pela beleza. Madame M* também era muito formosa, mas em sua beleza havia algo especial que a distinguia nitidamente de uma multidão de mulheres bonitas; havia algo em seu rosto que atraía de imediato e irresistivelmente toda simpatia, ou, melhor dizendo, que despertava uma simpatia sublime e nobre em quem a conhecia. Há rostos assim afortunados. Perto dela todo mundo de algum modo se tornava melhor, como que mais livre, mais caloroso; e, no entanto, seus olhos grandes e tristes, inflamados e cheios de energia, fitavam com timidez e inquietude, como que tomados de um medo incessante de algo hostil e ameaçador, e essa estranha timidez cobria às vezes com um tal desalento seus traços dóceis e suaves que lembravam os rostos luminosos das Madonas italianas, que quem a fitava também se entristecia como se essa tristeza fosse a sua própria. Esse rosto pálido e afilado, através da beleza impecável das linhas puras e regulares e da gravidade melancólica de uma angústia velada e secreta, ainda deixava transparecer com frequência o semblante radiante original de uma criança — a imagem de anos ainda recentes e confiantes e, talvez, de uma felicidade ingênua; esse sorriso plácido, porém hesitante e oscilante — tudo isso inspirava uma simpatia tão instintiva por essa mulher que no coração de cada um brotava involuntariamente uma preocupação cálida e doce, que intercedia clamorosamente em seu favor, mesmo à distância, e que aproximava dela até mesmo estranhos. Mas essa beldade parecia um tanto taciturna e reservada, embora, certamente, não houvesse criatura mais atenciosa e amorosa quando alguém precisava de compaixão. Há mulheres no mundo que são como irmãs de caridade. Delas não se pode esconder nada, pelo menos nada que se refira à dor ou às feridas da alma. Quem sofre pode ir até elas com coragem e esperança e sem o receio de lhes ser um peso, pois é raro quem entre nós saiba quão infinitamente pacientes podem ser o amor, a compaixão e o perdão em alguns corações femininos. Esses corações puros guardam tesouros inteiros de simpatia, consolo e esperança, e muitas vezes também são dilacerados, porque um coração que ama muito se entristece muito, mas quando a ferida é cuidadosamente oculta do olhar indiscreto, é porque cala e oculta mais amiúde uma tristeza profunda. Elas não se assustam nem com a profundidade da ferida, nem com sua purulência, nem com sua fetidez; quem delas se acerca já é digno delas; aliás, é como se já nascessem para façanhas heroicas... Madame M* era alta, flexível e esbelta, mas um pouco magra. Todos os seus movimentos eram de algum modo irregulares, ora lentos, deslizantes e até um pouco imponentes, ora ligeiros como os de uma criança, e com isso seus gestos também deixavam transparecer uma espécie de humildade tímida, algo como que trêmulo e vulnerável, mas que não pedia nem implorava proteção a ninguém.

Já disse que as pretensões nada louváveis da pérfida loura me deixavam envergonhado, abatido e cruelmente ferido. Mas para isso havia mais um motivo secreto, estranho e estúpido, que eu ocultava e que me fazia estremecer como um *kaschei*,[4] e só de pensar nela a sós, com minha cabeça perturbada, em algum canto escuro e misterioso onde o olhar zombeteiro e inquisitorial de nenhuma marota de olhos azuis pudesse me alcançar, só de pensar nesse objeto, eu quase sufocava de aflição, vergonha e medo — em suma, eu estava apaixonado; quer dizer, suponhamos que disse um absurdo, que não podia ser isso; mas então por que, de todos os rostos ao meu redor, apenas um único rosto atraía minha atenção? Por que era apenas a ela que eu gostava de seguir com o olhar, embora na época não ligasse a mínima para ficar espreitando senhoras e travar conhecimento com elas? Isso acontecia com mais frequência nas noites em que o mau tempo retinha cada um em seu quarto e então eu, sozinho, escondido em algum canto da sala de estar, olhava vagamente para todos os lados, sem conseguir encontrar outra coisa para fazer, porque, com exceção das minhas perseguidoras, raramente vinha alguém falar comigo, e nessas noites eu sentia um tédio insuportável. Nessas horas eu olhava bem para os rostos ao meu redor, ouvia atentamente as conversas, das quais muitas vezes não entendia uma palavra sequer, e eis que nessas ocasiões o olhar sereno, o sorriso dócil e o rosto maravilhoso de Madame M* (porque se tratava dela), sabe Deus por quê, me deixava fascinado, e já não se apagava mais essa minha impressão estranha, indefinida, mas inconcebivelmente doce. Muitas vezes

---

[4] Trata-se de um velho malvado e descarnado, dotado de imortalidade, personagem de contos populares russos. (N. da T.)

passava horas a fio sem conseguir apartar-me dela; pus-me a estudar cada gesto, cada movimento seu, ouvia atentamente cada vibração de sua voz grossa, argentina, mas um pouco abafada, e — que coisa estranha! —, de todas as minhas observações, ficara-me uma impressão doce e tímida, misturada a um sentimento de curiosidade incompreensível. Era como se estivesse procurando descobrir algum segredo.

O que mais me martirizava eram as zombarias em presença de Madame M*. Essas zombarias e perseguições cômicas, no meu entendimento, chegavam a me humilhar. E quando acontecia de ressoar algum riso geral à minha custa, do qual até Madame M* por vezes tomava involuntariamente parte, nessas ocasiões eu escapava dos meus tiranos desesperado, transido de dor, e fugia para o andar de cima, onde me enfurnava pelo resto do dia sem me atrever a mostrar a cara na sala. Aliás, eu mesmo ainda não entendia nem minha vergonha, nem minha agitação; o processo todo se produzia em mim de modo inconsciente. Com Madame M* quase nem chegara a trocar duas palavras, e é claro que nem me atreveria a fazê-lo. Mas eis que numa tarde, após o dia mais intolerável para mim, fiquei para trás dos outros durante um passeio, estava terrivelmente cansado e fiz o caminho para casa pelo jardim. Num banco, numa aleia isolada, vi Madame M*. Estava sozinha, como se tivesse escolhido de propósito esse local isolado, com a cabeça inclinada sobre o peito e retorcendo maquinalmente um lenço. Estava tão absorta em seus pensamentos que sequer ouviu quando acerquei-me dela.

Ao notar minha presença, levantou-se rapidamente do banco, virou de costas e vi que esfregou rapidamente os olhos com o lenço. Estava chorando. Depois de secar os olhos, sorriu para mim e voltamos juntos para casa. Já não me lembro do que falamos; mas me afastava de si o tempo todo sob diversos pretextos, ora pedia-me para colher-lhe uma flor, ora para ver quem vinha a cavalo pela aleia vizinha. E assim que me afastava, ela no mesmo instante tornava a levar o lenço aos olhos e a secar as lágrimas desobedientes, que não queriam abandoná-la de modo algum e voltavam o tempo todo a transbordar-lhe do coração e inundar-lhe os pobres olhos.

Dei-me conta de que, pelo visto, eu lhe era um grande estorvo, já que me afastava com tanta frequência, e ela mesma já havia percebido que eu notara tudo, mas, simplesmente, não conseguia se conter, e isso me fazia sofrer ainda mais por ela. Nesse momento, sentia uma raiva de mim mesmo que beirava o desespero, amaldiçoava a minha falta de jeito e de presença de espírito e assim mesmo não sabia como afastar-me dela com mais tato, sem dar a entender que notara a sua angústia, e continuava a caminhar ao seu lado tristemente perplexo, até mesmo espantado, totalmente desconcertado e incapaz de encontrar uma única palavra para manter a nossa conversa claudicante.

Esse encontro deixou-me tão impressionado que passei a noite toda seguindo furtivamente Madame M* com uma curiosidade ávida e sem perdê-la de vista. Mas aconteceu de ela me apanhar de surpresa por duas vezes em meio às minhas observações e na segunda, ao notá-lo, sorriu. Esse foi seu único sorriso naquela noite. A tristeza ainda não havia deixado o seu rosto, que no momento estava muito pálido. Passou o tempo todo conversando em voz baixa com uma senhora de mais idade, maldosa e rabugenta, de quem ninguém gostava, por sua propensão à espionagem e bisbilhotice, mas a quem todos temiam, pelo que se viam forçados a agradá-la, querendo ou não...

Por volta das dez horas chegou o marido de Madame M*. Até aquele momento, eu a estivera observando atentamente, sem desviar os olhos de seu semblante triste; e depois, com a entrada inesperada do marido, vi que estremeceu toda e seu rosto, que mesmo antes já estava pálido, ficou de repente mais branco que um lenço. Era tão evidente que os outros também haviam notado: ouvi uma conversa entrecortada à parte, da qual pude de algum modo deduzir que a pobre Madame M* não estava muito bem; que o marido era ciumento como um mouro, não por amor a ela, mas por amor-próprio. Era antes de mais nada um europeu, um homem moderno, com modelinhos de novas ideias, e que se vangloriava delas. De aparência, tinha cabelos escuros, era alto e particularmente corpulento, com suíças à moda europeia, rosto corado e presunçoso, dentes brancos como o açúcar, e conduta irrepreensível de cavalheiro. Era tido como um *homem inteligente*. É assim que, em certos círculos, se denomina a uma espécie peculiar de indivíduos que engordam à custa alheia, que não fazem absolutamente nada, que não querem fazer absolutamente nada, e que, por sua preguiça e ociosidade eternas, têm um pedaço de banha no lugar do coração. A todo instante se pode ouvir deles mesmos que não há nada que possam fazer, devido a certas circunstâncias muito adversas e complexas, que "lhes frustram o gênio", e que por isso são "dignos de pena". Essa é a sua frase pomposa tão habitual, o seu *mot d'ordre*,[5] a sua senha e o seu lema, a frase que esses senhores saciados e gorduchos ficam o tempo todo prodigalizando por toda parte, de modo que há muito tempo começou a nos enfastiar como um tartufismo[6] rematado e uma conversa fiada. Aliás, alguns desses histriões que não conseguem de modo algum encontrar o que fazer — o que, aliás, nunca sequer procuraram —, justamente por isso pretendem fazer com que todo mundo pense que não é um pedaço de banha que têm no lugar do coração, mas, ao contrário, de modo geral, algo *muito profundo*, embora o quê,

---

[5] "Palavra de ordem", em francês no original. (N. da T.)

[6] Referência a Tartufo, personagem da comédia de Molière, que virou símbolo de falso moralismo e hipocrisia. (N. da T.)

precisamente, nem mesmo o maior cirurgião diria, claro que por cortesia. Esses senhores abrem caminho no mundo concentrando todos os seus instintos num sarcasmo grosseiro, numa reprovação míope e numa altivez desmedida. Como não têm mais nada a fazer a não ser ficar reparando e repisando as fraquezas e os erros alheios, e como seus bons sentimentos são tal qual os que são apanágio de uma ostra, então nem lhes é difícil, mediante tais meios de proteção, conviver com as pessoas com bastante cautela. E disso se vangloriam além da conta. Estão, por exemplo, quase convencidos de que praticamente o mundo todo deve lhes render tributo; de que o mundo é para eles como uma ostra que pegam em caso de necessidade; que todos, com exceção deles, são tolos; que todos se parecem com uma laranja ou com uma esponja, que uma vez ou outra podem espremer quando têm necessidade do suco; que são os donos de tudo, e que toda essa ordem louvável das coisas se deve justamente ao fato de serem eles pessoas tão inteligentes e peculiares. Em sua altivez desmedida não admitem quaisquer defeitos em si mesmos. Eles se parecem com aquela espécie de trapaceiros práticos, Tartufos e Falstaffs[7] congênitos, que de tanto trapacear acabaram convencendo a si mesmos que era assim que devia ser, ou seja, que para viver tinham que trapacear; e insistiam sempre tanto em assegurar a todo mundo que eram pessoas honestas que acabaram por convencer a si próprios, como se realmente fossem pessoas honestas e que sua trapaçaria também era uma coisa honesta. Nunca são capazes de um exame interior consciente, de uma autoavaliação nobre: para certas coisas são rudes demais. Acima de tudo e em primeiro plano está sempre a sua própria e valiosa pessoa, seu Moloch e

---

[7] Falstaff: personagem de Shakespeare, sinônimo de bufão, vaidoso e inútil. (N. da T.)

Baal,[8] seu esplêndido *eu*. Toda a natureza e o mundo inteiro não são para eles senão um espelho esplêndido, criado para que esse ídolo possa incessantemente admirar a si mesmo e não ver nada nem ninguém além de si; depois disso, não é de se estranhar que veja tudo no mundo sob um aspecto tão disforme. Para tudo ele tem reservada uma frase feita, e, o que é o cúmulo da destreza de sua parte, uma frase da última moda. Inclusive são eles mesmos que contribuem com a moda, difundindo boca a boca por todos os cruzamentos essa ideia na qual farejam sucesso. São justamente eles que têm faro para farejar essa frase da moda e se apoderar dela antes dos outros, de tal modo que é como se ela tivesse saído deles. Eles sobretudo se abastecem de suas frases para exprimir a sua profunda simpatia pela humanidade, para definir qual a forma de filantropia mais correta e justificável racionalmente e, por fim, para punir incansavelmente o romantismo, ou seja, amiúde tudo o que é belo e verdadeiro, que em cada átomo tem mais valor que toda a espécie de moluscos deles. Mas são muito toscos para reconhecer a verdade numa forma anômala, transitória e inacabada, e rejeitam tudo o que ainda não amadureceu, não é estável e está em fermentação. Um homem bem nutrido passou sua vida toda alegremente, teve tudo de mão beijada, ele mesmo não fez nada e não sabe como é difícil fazer qualquer trabalho, e por isso ai daquele que tocar nos seus sentimentos gordurosos com alguma aspereza: ele nunca o perdoará por isso, sempre haverá de se lembrar e se vingar dele com prazer. Em resumo, meu herói

---

[8] Moloch é um deus adorado por certos povos da Antiguidade, que sacrificavam a ele seus recém-nascidos, jogando-os numa fogueira. Baal também é um deus pagão, associado ao demônio na mitologia cristã. A imagem de Baal como símbolo da opressão do homem pelas forças da civilização burguesa seria empregada mais tarde por Dostoiévski em *Notas de inverno sobre impressões de verão* (1863). (N. da T.)

não é nada mais nada menos que um saco gigantesco, enfunado a não mais poder, cheio de máximas, de frases da moda e etiquetas de todos os gêneros e espécies.

Mas, por outro lado, o Monsieur M* tinha também uma particularidade, era um homem notável: era engraçado, tagarela e contador de histórias, e nas salas de visita sempre se formava um círculo à sua volta. Naquela noite em particular conseguira produzir uma boa impressão. Dominou a conversa; estava inspirado, alegre, satisfeito com alguma coisa, e assim compeliu para si a atenção de todos. Madame M*, em compensação, dava o tempo todo a impressão de estar doente; seu rosto revelava tanta tristeza que a todo momento me parecia que mais um pouco e as lágrimas começariam a tremeluzir em seus longos cílios. Tudo isso, como já disse, deixou-me muito impressionado e intrigado. Fui embora com um sentimento de curiosidade estranha e sonhei a noite toda com o Monsieur M*, embora raras vezes tivesse tido até então sonhos tão horríveis.

No dia seguinte, de manhã cedo, fui chamado para um ensaio de alguns *tableaux vivants*, dos quais eu também participava. Os quadros vivos, as representações teatrais, e depois o baile — tudo marcado para uma mesma noite, dali a cinco dias, por ocasião de uma festa na família, o aniversário da filha mais nova de nosso anfitrião. Para essa festa, praticamente improvisada, haviam sido convidadas em torno de umas cem pessoas de Moscou e das datchas vizinhas, de modo que houve muito rebuliço, afazeres e vaivém. O ensaio, ou melhor, a prova dos figurinos, fora marcada inoportunamente para a manhã porque o nosso diretor, o conhecido pintor R*,[9] amigo e hóspede de nosso anfitrião, que por ami-

---

[9] Provável referência a Andrei Roller (1805-1891), artista de teatro, decorador dos teatros imperiais de Petersburgo. Eram dele os cenários de boa parte dos balés e óperas da época. (N. da T.)

zade concordara em assumir a composição e a montagem dos quadros, além do nosso treinamento, tinha agora de correr à cidade para a aquisição de acessórios teatrais e para os preparativos finais da festa, de modo que não havia tempo a perder. Participei de um quadro com Madame M*. O quadro apresentava uma cena da vida medieval e se chamava "A senhora do castelo e o seu pajem".

Senti uma perturbação indescritível ao me encontrar com Madame M* no ensaio. Tinha a impressão de que leria imediatamente nos meus olhos todos os pensamentos, dúvidas e conjecturas que me haviam surgido à mente desde o dia anterior. E, além disso, tinha sempre a impressão de que era, por assim dizer, culpado diante dela, por haver surpreendido suas lágrimas no dia anterior e tê-la atrapalhado em sua dor, de modo que, ainda que a contragosto, deveria olhar-me de esguelha, como a uma testemunha desagradável e cúmplice importuno de seu segredo. Mas, graças a Deus, a coisa se passou sem grandes dificuldades; ela simplesmente nem reparou em mim. Parecia não dar a mínima para mim, nem para o ensaio; estava distraída, triste, taciturna e pensativa; era evidente que uma grande preocupação a atormentava. Assim que terminei meu papel, corri para trocar de roupa, e dez minutos depois saí ao terraço que dava para o jardim. Quase ao mesmo tempo, Madame M* saiu por outra porta, e justamente do lado oposto apareceu seu cônjuge enfatuado, que voltava do jardim, para onde acabara de acompanhar todo um grupo de senhoras, e lá conseguira entregá-las aos cuidados de algum *cavalier servant*[10] ocioso. O encontro entre marido e mulher, pelo visto, fora inesperado. Madame M*, não sei por que motivo, ficara de repente perturbada, deixando transparecer momentaneamente um ligeiro enfado

[10] Em francês no original: cavalheiro ou pajem que acompanha uma senhora. (N. da T.)

em seu movimento impaciente. O esposo, que assobiava despreocupadamente uma ária e vinha o caminho todo compenetrado, arrumando as suíças, ao se encontrar com a esposa franziu o cenho e deitou-lhe um olhar, pelo que me lembro agora, definitivamente inquisidor.

— Vai para o jardim? — perguntou ele, ao notar a sombrinha e um livro nas mãos da mulher.

— Não, para o bosque — respondeu ela, ruborizando levemente.

— Sozinha?

— Com ele — disse Madame M*, apontando para mim. — Pela manhã dou um passeio sozinha — acrescentou ela, falando com uma voz irregular e hesitante, exatamente como a de alguém que está mentindo pela primeira vez na vida.

— Hum... pois eu acabei de acompanhar até lá uma companhia toda. Estão todos reunidos lá no caramanchão florido para se despedir de N. Ele está de partida, como sabe... aconteceu-lhe algum contratempo lá em Odessa... Sua prima (ele se referia à loura) está que ri e quase chora, tudo de uma vez, não se pode entendê-la. Ela me disse, aliás, que a senhora está brava com N. e por isso não foi se despedir dele. Uma bobagem, é claro.

— Ela estava brincando — disse Madame M*, descendo os degraus do terraço.

— Então esse é o seu *servant cavalier* de todos os dias? — acrescentou Monsieur M*, crispando a boca e apontando o lornhão para mim.

— Pajem! — gritei, exasperado com o lornhão e a zombaria e, desatando a rir na sua cara, pulei de uma vez três degraus do terraço.

— Um bom passeio — murmurou Monsieur M* e prosseguiu seu caminho.

Claro que me aproximei imediatamente de Madame M* assim que ela me apontou para o marido, e olhava para ela

como se já tivesse me convidado uma hora antes e como se já a acompanhasse havia um mês em seus passeios matinais. Mas não conseguia atinar: por que ficara tão perturbada, confusa, e o que tinha em mente quando decidiu recorrer a essa pequena mentira? Por que não disse simplesmente que ia sozinha? Fiquei sem saber como olhar para ela; mas, pasmo com a surpresa, eu, entretanto, muito ingenuamente, comecei aos poucos a sondar-lhe o rosto; porém, assim como uma hora antes, no ensaio, ela não reparava nem em meus olhares furtivos nem em minhas perguntas mudas. A mesma preocupação torturante, só que ainda mais evidente, ainda mais profunda do que antes, se refletia em seu rosto, em sua agitação, em sua maneira de andar. Estava com pressa para ir a algum lugar, apertava cada vez mais o passo e lançava olhares apreensivos a cada aleia, a cada clareira do bosque, virando-se para o lado do jardim. E eu também estava à espera de algo. De repente ouviu-se atrás de nós um tropel de cavalos. Era uma cavalgada inteira de amazonas e cavaleiros que haviam acompanhado N., que tão repentinamente abandonara a nossa sociedade.

Entre as damas estava também a minha loura, à qual se referira Monsieur M* ao falar sobre suas lágrimas. Mas, como de costume, gargalhava como uma criança e galopava velozmente em um magnífico cavalo baio. Ao emparelhar conosco, N. tirou o chapéu, mas não se deteve nem trocou uma palavra com Madame M*. A tropa toda logo desapareceu de nossa vista. Olhei para Madame M* e por pouco não soltei um grito de espanto; estava branca como cera e lágrimas graúdas brotavam-lhe dos olhos. Nossos olhares se encontraram por acaso: Madame M* de repente ficou rubra e virou-se por um instante, deixando a inquietação e o desgosto transparecer em seu rosto. Eu estava sobrando ali, em situação ainda pior do que no dia anterior, isso estava mais claro que o dia, mas aonde ia me meter?

E de repente, como se adivinhasse, Madame M* abriu o livro que tinha nas mãos e ruborizada, fazendo um esforço visível para não olhar para mim, disse, como se tivesse acabado de perceber:

— Ah, essa é a segunda parte, eu me enganei, por favor, traga-me a primeira.

Como haveria de não entender? Meu papel havia terminado, e ela não poderia ter encontrado um caminho mais direto para me mandar passear.

Saí correndo com seu livro e não voltei. A primeira parte permaneceu tranquilamente sobre a mesa nessa manhã...

Mas eu não era eu mesmo; meu coração palpitava, com uma espécie de pavor contínuo. Procurava a todo custo um modo de não me encontrar com Madame M*. Em compensação, com que curiosidade desenfreada olhava para seu enfatuado esposo, Monsieur M*, como se nele, então, devesse obrigatoriamente haver algo de especial. Realmente, não entendo o que havia nessa minha curiosidade cômica; só me lembro de sentir uma perplexidade estranha diante de tudo o que fora levado a ver nessa manhã. Mas meu dia estava apenas começando e foi abundante em acontecimentos para mim.

Dessa vez almoçamos muito cedo. Para essa noite estava marcado um passeio de recreio a uma aldeia vizinha, onde acontecia um festejo rural, e por isso era preciso tempo para nos aprontarmos. Havia já três dias que sonhava com esse passeio, esperando me divertir até não poder mais. Quase todos se reuniram no terraço para tomar café. Abri caminho cautelosamente entre os demais e me escondi atrás de uma fila tríplice de poltronas. Fora atraído pela curiosidade, e ainda assim não queria de modo algum ser visto por Madame M*. Mas o acaso se encarregou de me colocar perto de minha loura perseguidora. Dessa vez lhe havia acontecido um milagre, algo incrível; ela estava duas vezes mais bonita. Não sei como nem por que isso se dá, mas com as mulheres esses milagres chegam até a ser frequentes. Havia entre nós nesse momento um novo convidado, um jovem alto e pálido, admirador inveterado da nossa loura, que acabara de chegar de Moscou como que de propósito para substituir N., que partira, e sobre quem corria o rumor de que era perdidamente apaixonado por nossa beldade. No que se refere ao recém-chegado, havia já longo tempo que mantinha com ela uma relação exatamente igual à de Benedict com Beatrice em *Muito barulho por nada*, de Shakespeare. Em suma, a nossa beldade nesse dia fazia grande sucesso. Suas brincadeiras e tagarelices tinham tanta graça, eram tão confiantes e ingênuas, tão perdoáveis e imprudentes; estava convencida do entusiasmo geral com uma presunção tão graciosa que, realmente, foi o tempo todo objeto de uma adoração especial. Tomado de uma admiração assombrosa por ela, o círculo apertado de ouvintes em seu redor não se dispersava, e ela nunca estivera tão sedutora. Qualquer palavra sua era tentadora e insólita, era captada e transmitida ao círculo, e não houve uma única brincadeira, uma única extravagância sua que passasse despercebida. Ao que parece, ninguém esperava dela tanto gosto, brilho e perspicácia. Todas as suas melhores qualidades ficavam diariamente sepultadas na extravagância mais voluntariosa, na criancice mais teimosa, que quase beirava a bufonaria; era raro quem as notava; e se notava, não lhes dava crédito, de modo que, nesse momento, seu triunfo extraordinário era recebido por todos com um murmúrio apaixonado de assombro.

Ademais, para esse triunfo contribuiu uma circunstância peculiar e bastante delicada, ao menos a julgar pelo papel que desempenhou ao mesmo tempo o marido de Madame M*. A traquinas estava decidida — devo acrescentar: para satisfação de quase todos, ou ao menos para satisfação de todos os jovens — a atacá-lo sem piedade, por vários motivos, certamente de grande importância a seu ver. Ela dirigia contra ele, de todos os lados, um verdadeiro tiroteio de farpas, troças e sarcasmos dos mais avassaladores e escorregadios, dos mais pérfidos, cerrados e lisos, desses que acertam direto no alvo e contra os quais não há como escapar por lado nenhum para se defender, e os quais apenas extenuam a vítima em esforços infrutíferos, levando-a à fúria e ao mais cômico desespero.

Não sei ao certo, mas parece que toda essa travessura fora premeditada, e não improvisada. Esse duelo desesperado começara ainda antes do almoço. Digo "desesperado" porque Monsieur M* demorou para depor as armas. Ele teve de recorrer a toda a sua presença de espírito, a toda a sua originalidade e a toda a sua escassa engenhosidade para não se ver reduzido a pó, aniquilado e coberto da mais inequívoca desonra. Tudo isso se desenrolava entre o riso incessante e incontrolável de todos os participantes e testemunhas da batalha. Ao menos esse dia não se pareceu em nada com o anterior. Notava-se que Madame M* várias vezes tivera ímpetos de deter a amiga imprudente, que por sua vez queria a todo custo vestir o marido ciumento com o traje mais histriônico e ridículo, e é de se supor que fosse com o traje de Barba Azul,[11] a julgar por todas as probabilidades, a julgar pelo que me ficou na memória e, por fim, pelo papel que tocou a mim mesmo desempenhar nesse caso.

Isso aconteceu de improviso, do modo mais engraçado e inesperado, e, como se fosse de propósito, nesse instante estava bem à vista, sem suspeitar de nenhum mal e até esquecido das minhas precauções recentes. De repente fui conduzido ao primeiro plano como inimigo mortal e rival natural de Monsieur M*, como se estivesse perdida e desesperadamente apaixonado por sua esposa, o que minha tirana foi

---

[11] Personagem do conto de Charles Perrault, um terrível nobre que assassinava suas esposas. (N. da T.)

logo jurando, dando sua palavra, dizendo que tinha provas e que, para não ir mais longe, nesse mesmo dia, no bosque, tinha visto...

Mas não conseguiu terminar de falar, eu a interrompi no momento mais desesperador para mim. Esse minuto fora tão descaradamente calculado, tão perfidamente preparado para o final, para ter um desfecho grotesco, e encenado de modo tão cômico e engraçado que uma explosão incontrolável e geral de hilariedade saudou essa última travessura. E embora adivinhasse na mesma hora que o papel mais desagradável não coubera a mim, estava no entanto tão confuso, tão exasperado e assustado que, banhado em lágrimas de angústia e desespero, sufocando de vergonha, abri passagem através de duas fileiras de poltronas, dei um passo à frente e, dirigindo-me à minha tirana, pus-me a gritar, com a voz embargada pelas lágrimas e indignação:

— A senhora não se envergonha... em voz alta... diante de todas estas damas... de dizer uma mentira... tão maldosa?... Como se fosse uma menininha... diante de todos esses homens... O que eles vão dizer? A senhora, tão adulta... casada!

Mas não cheguei a terminar, ressoou um aplauso ensurdecedor. Meu desabafo produziu verdadeiro *furore*.[12] Meu gesto ingênuo, minhas lágrimas, e sobretudo o fato de parecer que tomava a defesa de Monsieur M*, tudo isso provocou uma hilariedade tão infernal que até hoje, só de lembrar, eu mesmo acho muito engraçado... Fiquei perplexo, prestes a enlouquecer de horror, e, queimando como pólvora, escondendo o rosto com as mãos, corri para fora, na porta derrubei a bandeja das mãos de um lacaio que estava entrando e subi voando para o meu quarto. Arranquei da fechadura a

---

[12] Furor, em italiano no original. (N. da T.)

Fiódor Dostoiévski

chave, que estava do lado de fora, e me tranquei por dentro. Fiz bem, porque atrás de mim vinham meus perseguidores. Em menos de um minuto, minha porta foi sitiada por uma tropa toda das mais belas de todas as nossas damas. Ouvia suas risadas sonoras, uma tagarelice rápida, suas vozes que submergiam; gazeavam todas ao mesmo tempo, como andorinhas. Todas elas, sem exceção, imploravam-me para abrir a porta, nem que fosse só por um instante; juravam que não me fariam nenhum mal, que só queriam cobrir-me de beijos. Mas... o que podia ser mais terrível do que essa nova ameaça? Eu simplesmente ardia de vergonha do outro lado da porta, com o rosto escondido no travesseiro, sem abrir e sem sequer dar sinal de vida. Elas ainda continuaram batendo e implorando por um longo tempo, mas eu estava impassível e surdo, como só um menino de onze anos é capaz.

Mas e agora, o que fazer? Tudo fora descoberto, tudo fora revelado, tudo o que eu guardava e escondia com tanto zelo!... A desonra e a vergonha eternas recairiam sobre mim! Para dizer a verdade, nem eu mesmo sabia como denominar isso que me metia tanto medo e o que queria esconder; mas o fato é que tinha medo de algo, e a iminência da revelação desse *algo* até então me fazia tremer como vara verde. Só de uma coisa eu não sabia até aquele momento: o que era aquilo — se aquilo era conveniente ou inconveniente, digno de louvor ou de opróbio, louvável ou condenável? Agora, no entanto, para meu martírio e angústia violenta, percebi que era *ridículo* e *vergonhoso*! Ao mesmo tempo, instintivamente, sentia que esse veredito era falso, desumano e grosseiro; mas eu estava destroçado, aniquilado; minha faculdade de raciocínio parecia paralisada e embaralhada; não conseguia não só me contrapor a esse veredito como sequer examiná-lo bem — estava embotado; senti apenas que meu coração havia sido desumana e descaradamente ferido e me desfiz num choro estéril. Estava exasperado; mas fervia de indignação e de

Um pequeno herói

35

um ódio que até então nunca havia conhecido, pois era a primeira vez na vida que experimentava uma dor grave, o ultraje e a ofensa; e tudo isso foi de fato assim, sem nenhum exagero. Eu, uma criança, tivera um primeiro sentimento, ainda vago e inexperiente, grosseiramente ultrajado, tivera meu primeiro sentimento de pudor fragrante e virginal tão cedo exposto e profanado, e minha primeira impressão estética, talvez muito séria, ridicularizada. É claro que aqueles que riam de mim pouco sabiam disso e não faziam nem ideia do meu sofrimento. Em parte, a isso vinha se juntar uma circunstância secreta, que nem eu mesmo chegara a esclarecer e que de algum modo até então me metia medo. Em minha dor e desespero, continuei estendido em minha cama, com o rosto oculto no travesseiro; sentia febre e calafrios alternadamente. Duas perguntas me atormentavam: o que vira e o que exatamente a loura impertinente poderia ter visto essa manhã no bosque entre Madame M* e eu? E, por fim, a segunda pergunta, como, com que olhos, de que jeito poderia agora olhar para o rosto de Madame M* sem morrer de vergonha e de desespero no mesmo instante e no mesmo lugar?

Um barulho inusitado no pátio viera afinal tirar-me do estado de semiconsciência em que me encontrava. Levantei-me e fui até a janela. O pátio estava todo atravancado de carruagens, cavalos selados e servos que iam e vinham. Parecia que estavam todos de partida; alguns cavaleiros já estavam montados; outros convidados acomodavam-se nas carruagens... Nisso me lembrei da excursão programada, e eis que meu coração foi pouco a pouco sendo invadido por uma inquietude; comecei a procurar meu pônei ansiosamente no pátio; mas o pônei não estava lá — portanto, haviam se esquecido de mim. Não me contive, desci numa carreira, já nem pensava nos encontros desagradáveis nem em minha recente desonra...

Uma notícia terrível me esperava. Dessa vez não havia para mim nem cavalo para montar nem lugar na carruagem: estava tudo arranjado, os lugares ocupados, e eu tive de ceder lugar a outros.

Abalado por esse novo desgosto, parei no terraço da entrada e fiquei olhando com tristeza para a longa fila de cupês, cabriolés e carros, que não tinham sequer um pequeno cantinho para mim, e para as amazonas vestidas com elegância, cujos cavalos empinavam impacientes.

Um dos cavaleiros se atrasara por algum motivo. Estavam apenas esperando-o para partir. Seu cavalo estava à entrada da casa, mordiscando o freio, revolvendo a terra com os cascos, tremendo e empinando de susto a todo instante. Dois cavalariços seguravam-no cuidadosamente pela rédea e todos, por precaução, mantinham dele uma distância respeitosa.

De fato, acontecera uma circunstância bastante lamentável que impedia a minha ida. Além do fato de terem chegado novos convidados e tomado todos os lugares e todos os cavalos, dois cavalos de montaria haviam adoecido, sendo um deles o meu pônei. Mas não era o único a sofrer por essa circunstância: revelou-se que para o nosso novo hóspede, aquele jovem pálido de quem já falei, também não havia cavalo. Para evitar uma situação desagradável, nosso anfitrião foi obrigado a recorrer a uma medida extrema: oferecer-lhe seu garanhão rebelde e indomado, acrescentando, para desencargo de consciência, que era impossível montá-lo, e que já o teria há muito tempo colocado à venda, por seu caráter indomável, se, aliás, encontrasse para ele um comprador.

Mas o visitante, mesmo advertido, declarou que montava bem e que, em todo caso, estava pronto a montar qualquer coisa, contanto que pudesse ir. Nosso anfitrião então se calou, mas agora tenho a impressão de que aos seus lábios assomou um sorriso malicioso e ambíguo. Enquanto esperava o cavaleiro que se gabava de sua habilidade, ele mesmo ainda sem montar seu cavalo, esfregava as mãos com impaciência e a todo instante olhava para a porta. Um sentimento semelhante chegava a ser transmitido pelos dois cavalariços que seguravam o garanhão e que só faltavam sufocar de tanto orgulho por se ver diante de todo o público com um cavalo desses, que num piscar de olhos podia matar uma pessoa sem mais nem menos. Algo parecido com o sorriso malicioso de seu senhor se refletia também em seus olhos, arregalados de expectativa e fixos na porta, de onde devia aparecer o recém-chegado valente. Por fim, até o próprio animal procedia como se também estivesse de acordo com o nosso anfitrião e os guias: portava-se de modo orgulhoso e altivo, como se sentisse que era observado por algumas dezenas de olhares curiosos e se orgulhasse diante de todos de sua má reputação, exatamente tal qual um pândego incorrigível se orgulha de suas brincadeiras infames. Ele parecia desafiar o valentão que se atrevia a violar sua independência.

Esse valentão por fim apareceu. Envergonhado por se fazer esperar e puxando apressadamente as luvas, seguia em frente sem olhar, desceu os degraus do terraço e só levantou os olhos ao estender a mão para agarrar na crina do cavalo cansado de esperar, mas de súbito ficou desconcertado com sua empinada furiosa e com o grito de alerta dos espectadores assustados. O jovem retrocedeu e olhou perplexo para o cavalo selvagem, que tremia todo, como uma vara verde, bufava de raiva e revirava ferozmente os olhos injetados de sangue, afundando-se a todo instante sobre as patas traseiras e erguendo as dianteiras, como se tivesse a intenção de se lançar ao ar e levar consigo seus dois guias. Por um minuto, ele permaneceu completamente perplexo; em seguida, ruborizando ligeiramente um pouco desconcertado, ergueu a vista, correu-a à sua volta e viu as damas apavoradas.

— O cavalo é muito bom! — disse, como que para si mesmo. — E, a julgar pelo que vejo, deve ser muito agradável

montá-lo, mas... mas, sabem de uma coisa? Não serei eu a montá-lo — concluiu ele, virando-se para o nosso anfitrião com seu sorriso cândido e largo, que combinava tão bem com o seu rosto bondoso e inteligente.

— Mas mesmo assim considero-o um excelente cavaleiro, juro — respondeu com alegria o dono do cavalo inacessível, apertando calorosamente e até mesmo com gratidão a mão de seu convidado —, pelo simples fato de o senhor ter adivinhado desde o primeiro olhar com que espécie de animal está lidando — acrescentou com dignidade. — Acredite ou não, eu, que por vinte e três anos servi nos hussardos, já tive o prazer de ir para o chão três vezes, graças a ele, quer dizer, exatamente tantas vezes quantas tentei montar esse... papa-jantares.[13] Tankred, meu amigo, não há ninguém aqui à sua altura; pelo visto seu cavaleiro deve ser algum Iliá Múromiets, que agora há de permanecer para sempre em sua aldeia de Karatchárovo,[14] esperando que lhe caiam os dentes. Pois bem, levem-no! Chega de assustar as pessoas! Foi perda de tempo trazê-lo — gritou ele, esfregando as mãos satisfeito consigo mesmo.

É preciso observar que Tankred não lhe proporcionava o mínimo proveito, simplesmente não valia o que comia; além disso, o velho hussardo havia arruinado com ele toda a sua reputação de perito em remonta, ao pagar um preço fabuloso pelo parasita imprestável, que ele adestrava talvez apenas por sua beleza... Contudo, estava agora exultante por Tankred não ter comprometido a sua dignidade, ter apeado mais um cavaleiro e, com isso, adquirido para si novos e estúpidos louros.

---

[13] No original, *darmoied*, que designa "alguém que come às custas dos outros", "parasita". (N. da T.)

[14] Iliá Múromiets é um herói do folclore russo, e Karatchárovo, a aldeia em que ele viveu. (N. da T.)

— Como? O senhor não vai? — gritou a loura, que sentia uma necessidade premente de ter seu *cavalier servant* junto dela nessa ocasião. — Será possível que esteja com medo?

— Juro que é isso mesmo! — respondeu o jovem.

— Está falando sério?

— Ouça, por acaso o que a senhora deseja é que eu quebre o pescoço?

— Então monte depressa o meu cavalo: não tenha medo, ele é muito manso. Não vamos nos atrasar, trocarão a sela num instante! Tentarei pegar o seu; não é possível que Tankred seja sempre tão descortês.

Dito e feito! A travessa saltou da sela e antes de acabar a última frase já se postava diante de nós.

— A senhora conhece mal Tankred, se acha que ele permitirá que lhe ponham a sua sela imprópria! E, além disso, não iria deixá-la quebrar o pescoço; seria deveras uma pena! — disse nosso anfitrião, afetando nesse momento de satisfação interior, como era sempre seu hábito, uma rispidez e até grosseria em seu discurso que, mesmo sem isso, já era afetado e estudado, o que, na sua opinião, caía bem a um veterano bonachão e devia agradar sobretudo às damas. Essa era uma das suas fantasias, seu cavalo de batalha preferido, conhecido de todos nós.

— Pois bem, e você, chorão, não quer tentar? Queria tanto ir... — disse a valente amazona ao notar minha presença e, numa atitude provocadora, apontou-me Tankred com um aceno de cabeça, justamente para não sair perdendo, já que tivera de apear à toa de seu cavalo, e também para não me deixar sem uma palavrinha mordaz, já que eu mesmo cometera o erro de aparecer diante dos seus olhos. — Você com certeza não é como o... ora, o que adianta falar, você é um herói famoso e sente vergonha de ter medo; sobretudo quando estão olhando para o senhor, belo pajem — acrescentou ela, lançando um rápido olhar para Madame

M*, cuja carruagem era a que estava mais próxima do terraço de entrada.

O ódio e um sentimento de vingança inundaram-me o coração quando a bela amazona se aproximou de nós com a intenção de montar Tankred... Mas não sou capaz de contar o que senti diante desse desafio inesperado da colegial. Foi como se me escurecesse a vista, quando fisguei seu olhar para Madame M*. Num átimo acendeu-se uma ideia em minha mente... sim, pensando bem, não passou de um átimo, menos que um átimo, como uma explosão de pólvora; ou então foi a gota d'água, e nisso subitamente me insurgi com todo meu espírito reanimado, a ponto de desejar acabar de vez com todos os meus inimigos e me vingar deles por tudo e diante de todos, mostrando então que tipo de pessoa era; ou, enfim, foi como se, por algum milagre, alguém me ensinasse nessa fração de segundo a história da Idade Média, da qual eu até então não sabia patavina, e em minha cabeça redemoinhando começaram a desfilar torneios, paladinos, heróis, belas damas, glória, campeões, ouviam-se os clarins dos arautos, sons de espadas, gritos e aplausos da multidão, e, em meio a todos esses gritos, o grito tímido de um coração assustado, que acalenta a alma orgulhosa com mais doçura que a vitória e a glória, já nem sei se essa bobagem toda aconteceu então em minha mente ou se, o que é mais razoável, ainda era apenas o pressentimento de uma bobagem futura e inevitável, mas apenas eu ouvi que soava a minha hora. Meu coração saltou, se contraiu, e eu mesmo já nem me lembro como, de um salto, pulei do terraço e fui parar ao lado de Tankred.

— Então acha que tenho medo? — gritei com orgulho e insolência, a vista escurecida pela febre, sufocando de emoção e tão afogueado que as lágrimas escaldavam-me as faces. — Pois há de ver! — E, agarrando-me à crina de Tankred, pus o pé no estribo antes que tivessem tempo de fazer o menor movimento para deter-me; mas nesse instante Tankred empi-

nou, sacudiu a cabeça, escapou das mãos dos cavalariços estupefatos com um salto formidável e saiu voando como um furacão, em meio aos gritos e exclamações de todos.

Só Deus sabe como consegui pôr o outro pé em pleno voo; tampouco posso compreender como me aconteceu de não perder as rédeas. Tankred passou comigo pelo portão de grades, virou-se bruscamente para a direita e continuou sua carreira ao longo da cerca a esmo, sem atinar o caminho. Só nesse instante ouvi atrás de mim o grito de cinquenta vozes, e esse grito ecoou em meu coração desfalecido com tal sentimento de satisfação e orgulho que nunca esquecerei esse momento de insensatez da minha vida de criança. Todo o sangue se precipitou para a minha cabeça, deixou-me aturdido e afogou, sufocou o meu medo. Estava fora de mim. Na verdade, pelo que me lembro agora, em tudo isso houve um quê de quase realmente cavalheiresco.

Aliás, minha cavalaria toda começou e terminou em menos de um instante, caso contrário o cavaleiro teria se dado mal. E, além do mais, nem sei como me salvei. Sabia montar, haviam me ensinado. Mas meu pônei parecia mais uma ovelha do que um cavalo de montaria. Sem dúvida, teria voado de Tankred se ele tivesse tido tempo de me jogar; mas depois de galopar uns cinquenta passos ele de repente se assustou com uma enorme pedra que havia no caminho e recuou bruscamente. Virou-se num abrir e fechar de olhos, mas tão abruptamente, como se diz, irrefletidamente, que até hoje, para mim, é um enigma o fato de não ter rolado da sela como uma bolinha por umas três braças e me espatifado, e Tankred não ter torcido as patas com um giro tão brusco. Ele se precipitou de volta para o portão, sacudindo furiosamente a cabeça, movendo-se de um lado para outro como que embriagado de fúria, levantando as patas para o ar a esmo e tentando a cada salto sacudir-me de seu lombo, exatamente como se um tigre tivesse saltado sobre ele e cravado os dentes e as garras em sua carne. Mais um instante e eu teria voado; já estava caindo; mas alguns cavalheiros voaram em meu socorro. Dois deles interceptaram o caminho para o campo; outros dois chegaram tão perto a galope que por pouco não me esmagaram as pernas, ao apertar Tankred de ambos os lados com os flancos de seus cavalos, e ambos já o seguravam pela rédea. Poucos segundos depois estávamos no terraço de entrada.

Tiraram-me do cavalo, pálido, quase sem fôlego. Tremia todo, como uma haste de erva ao vento, assim como Tankred, que estava parado, com o corpo todo apoiado na parte posterior, imóvel, como se tivesse os cascos plantados na terra, lançando uma respiração ofegante e ardente de suas ventas vermelhas e fumegantes, tremendo todo como uma folha levemente trêmula, como que estupefato de raiva pela afronta e pela petulância impune de uma criança. À minha volta ressoavam gritos de susto, assombro e agitação.

Nesse momento meu olhar errante cruzou com o de Madame M*, alarmado e lívido, e — nunca poderia esquecer esse instante — num átimo meu rosto todo foi inundado de rubor, corou e começou a arder como fogo; nem sei o que aconteceu comigo, mas confuso e assustado com minhas próprias sensações, baixei o olhar timidamente para o chão. Mas meu olhar foi notado, capturado e roubado de mim. Todos os olhos se voltaram então para Madame M*, que, apanhada de surpresa pela atenção geral, ela mesma, de súbito, também enrubesceu como uma criança, movida por algum sentimento ingênuo e involuntário, e com um esforço, ainda que malsucedido, tentou reprimir seu rubor com o riso...

Isso tudo visto de fora, claro que era muito engraçado; mas naquele momento uma circunstância das mais ingênuas e inesperadas salvou-me da hilariedade geral e deu um colorido especial a toda a aventura. A culpada de todo o rebuliço, a mesma que até então fora minha inimiga irreconciliável, a minha bela tirana, correu de repente para me abraçar e beijar.

Um pequeno herói

Vira, sem acreditar nos próprios olhos, como me atrevera a aceitar seu desafio e pegar a luva que atirara para mim ao lançar um olhar para Madame M*. Quase morrera de remorso e de medo por mim quando voei sobre Tankred; depois, no entanto, quando tudo terminara e sobretudo quando ela fisgou, junto com os outros, o olhar que lançara a Madame M*, meu embaraço e meu rubor repentino, quando, por fim, conseguira dar a esse momento, pela propensão romântica de sua cabecinha frívola, um significado novo, recôndito, não de todo expresso — nesse momento, depois de tudo isso, ela se entusiasmou tanto com o meu "cavalheirismo" que se atirou sobre mim e estreitou-me contra o peito profundamente comovida, feliz e orgulhosa de mim. Um minuto depois ela levantava para a multidão que se aglomerava à nossa volta o rostinho mais severo e mais cândido, no qual tremeluziam e faiscavam duas pequenas lágrimas cristalinas, e com uma vozinha séria e solene, como ninguém tinha ouvido antes, disse, apontando para mim: *"Mais c'est très sérieux, messieurs, ne riez pas!"*[15] — sem perceber que todos estavam diante dela como que fascinados, maravilhados por seu arrebatamento luminoso. Todo esse movimento rápido e inesperado, esse rostinho sério, essa ingenuidade simplória, as lágrimas sinceras até então insuspeitadas que se juntavam em seus olhinhos sempre sorridentes, eram nela um milagre tão surpreendentemente inesperado, que todos que estavam diante dele ficaram como que eletrizados por seu olhar, por suas palavras e seus gestos rápidos e ardentes. Parecia que ninguém conseguia tirar os olhos dela, por medo de perder esse momento raro em seu rosto arrebatado. Até nosso anfitrião ficou rubro como uma tulipa, e houve quem assegurasse tê-lo ouvido mais tarde reconhecer que, "para sua vergonha", es-

---

[15] "Mas isso é muito sério, senhores, não riam!", em francês no original. (N. da T.)

tivera quase um minuto inteiro apaixonado por sua formosa convidada. Bem, é claro que depois disso tudo eu era um cavaleiro, um herói.

— Délorges! Toggenburg![16] — ressoou ao meu redor. Ouviram-se aplausos.

— Vejam só a nova geração! — acrescentou o anfitrião.

— Mas ele irá, terá de ir conosco sem falta! — gritou a beldade. — Devemos encontrar um lugar para ele e o encontraremos. Ele se sentará ao meu lado, em meu colo... ou não, não! Me equivoquei!... — corrigiu-se ela, soltando uma gargalhada, incapaz de conter o riso ao se lembrar de nosso primeiro encontro. Mas, ao rir, afagava-me a mão com ternura, fazendo tudo o que podia para me confortar, para que não me ofendesse.

— Claro! Claro! — confirmaram várias vozes. — Ele tem de ir, ele conquistou o seu lugar.

E num piscar de olhos o assunto foi resolvido. A mesma solteirona que me apresentara à loura foi logo assediada com súplicas de todos os jovens a permanecer em casa e ceder-me o seu lugar, com o que foi obrigada a consentir, para seu imenso desgosto, sorrindo e resmungando furtivamente de raiva. Sua protetora, junto da qual pairava, minha antiga inimiga e amiga recente, gritou-lhe, já galopando em seu fogoso cavalo e rindo como uma criança, que a invejava e que ela mesma ficaria com ela de bom grado, pois logo começaria a chover e todos ficariam ensopados.

E ela com efeito prognosticou a chuva. Uma hora depois começou a cair uma chuva torrencial que acabou com nosso passeio. Tocou-nos esperar por várias horas seguidas em isbás da aldeia e voltar para casa já por volta das dez horas, sob o tempo úmido que se seguiu à chuva. Comecei a me sentir um

---

[16] Alusão aos heróis das baladas de Friedrich Schiller (1759-1805), "A luva" e "O cavaleiro Toggenburg". (N. da T.)

pouco febril. No exato momento em que era preciso montar para voltar, Madame M* veio até mim e se surpreendeu por eu estar vestindo apenas uma jaquetinha e ter o pescoço descoberto. Respondi-lhe que não tivera tempo de trazer a capa comigo. Ela pegou um alfinete e, depois de prender um pouco mais alto o colarinho franzido da minha camisa, tirou do próprio pescoço um lencinho de gaze escarlate e envolveu o meu, para que eu não resfriasse a garganta. Foi tão rápida que nem tive tempo de agradecê-la.

Mas quando chegamos em casa eu a encontrei numa saleta com a loura e o jovem pálido que nesse dia tinha ganho a fama de cavaleiro pelo fato de ter tido medo de montar Tankred. Aproximei-me para agradecer e devolver o lenço. Mas aí, depois de todas as minhas aventuras, senti-me como que envergonhado por algum motivo; minha vontade era de subir o quanto antes e lá, na ociosidade, pensar e refletir sobre algo. Sentia-me transbordando de impressões. Ao lhe devolver o lenço, como de costume, corei até as orelhas.

— Aposto que gostaria de ficar com o lenço — disse o jovem, pondo-se a rir —, dá para ver pelos olhos que está com pena de se separar de seu lenço.

— É isso, é isso mesmo! — concordou a loura. — Vejam só, hein! — disse ela, aparentando aborrecimento e inclinando a cabeça, mas deteve-se a tempo diante do olhar sério de Madame M*, que não queria levar a brincadeira adiante.

Afastei-me rapidamente.

— Mas que menino — disse a colegial, alcançando-me no outro cômodo e pegando-me amigavelmente pelas duas mãos. — Pois, simplesmente, não devia ter devolvido o lenço, se queria tanto ficar com ele. Era só dizer que o havia colocado em algum lugar e assunto encerrado. Mas que menino, nem isso conseguiu fazer! Que bobo!

E nisso deu-me um tapinha no queixo com o dedo e se pôs a rir por eu ter ficado corado como uma papoula.

— Pois agora sou sua amiga, não é assim? Acabou nossa inimizade, não é? Sim ou não?

Pus-me a rir e sem dizer nada apertei-lhe os dedinhos.

— Bem, pois aí está!.. Por que está tão pálido e tremendo? Está com calafrios?

— Sim, não me sinto bem.

— Ah, pobrezinho! Está assim por causa das emoções fortes! Sabe de uma coisa? É melhor ir dormir sem esperar pelo jantar, e em uma noite há de passar. Vamos.

Ela me conduziu para cima, os cuidados comigo pareciam não ter fim. Deixando-me para que mudasse de roupa, desceu correndo as escadas atrás de um pouco de chá e veio pessoalmente trazê-lo quando já estava deitado. Trouxe-me também um cobertor quente. Fiquei muito admirado e comovido com todo esse cuidado e atenção para comigo; ou talvez já estivesse com essa predisposição pelo dia todo, pelo passeio e pela febre; mas, ao me despedir dela, dei-lhe um abraço apertado e caloroso, como se fosse minha amiga mais querida e mais próxima, e nisso todas as impressões afluiram-me de uma só vez ao coração; estava prestes a chorar, estreitei-me contra seu peito. Ela percebeu minha impressionabilidade, e me parece que a minha própria traquinas também estava um pouco comovida.

— Você é um menino muito bom — sussurrou ela, olhando-me com uns olhinhos tranquilos — então, por favor, não fique bravo comigo, está bem? Não ficará?

Em suma, tornamo-nos os mais afetuosos e fiéis dos amigos.

Era ainda bem cedo quando acordei, mas o sol já inundava o quarto todo com uma luz radiante. Pulei da cama sentindo-me completamente saudável e disposto, como se nem tivesse tido febre um dia antes; em seu lugar sentia agora uma alegria indescritível. Lembrei-me do dia anterior e senti que teria dado toda a minha felicidade nesse minuto em troca de um abraço como o de ontem, de minha nova amiga, nossa beldade loura; mas ainda era muito cedo e todos dormiam. Depois de me vestir às pressas, fui para o jardim e de lá para o bosque. Fui me dirigindo para o lugar onde o verde era mais denso, onde o aroma de resina das árvores era mais forte, e onde um raio de sol mais alegre dava as caras, regozijando-se por conseguir atravessar aqui e ali a espessura nebulosa das folhagens. Era uma linda manhã.

Sem perceber, ao caminhar para cada vez mais longe acabei por sair na extremidade oposta do bosque, que dava para o rio Moskvá. Ele corria a uns duzentos passos dali, ao pé da colina. Na margem oposta do rio segavam o feno. Fiquei maravilhado ao ver como fileiras inteiras de foices afiadas, a cada movimento dos ceifeiros, banhavam-se harmonicamente de luz e em seguida tornavam de repente a desaparecer como pequenas serpentes de fogo que pareciam se esconder em algum lugar; e como a relva ceifada pela raiz voava para os lados em montinhos densos e gordos que ficavam empilhados em sulcos retos e longos. Já nem me lembro de quanto tempo passei nesse estado contemplativo, quando de repente voltei a mim ao ouvir no bosque, a uns vinte passos de mim, numa clareira que levava da estrada principal para a casa dos senhores, o relincho e o escarvar impaciente de um cavalo. Não sei se ouvi esse cavalo tão logo o cavaleiro se aproximou e parou ou se já vinha ouvindo o barulho havia tempo, mas ele só me fazia no ouvido uma cócega em vão, incapaz de me arrancar de meus sonhos. Levado pela curiosidade, entrei no bosque, e depois de dar alguns passos ouvi vozes que falavam rápido, porém baixo. Aproximei-me mais, afastei com cuidado os últimos ramos dos últimos arbustos que rodeavam a clareira, e recuei no mesmo instante estupefato; aos meus olhos surgiu um vestido branco familiar e uma voz suave de mulher ressoou como música em meu coração. Era Madame M*. Ela estava de pé ao lado de um cavaleiro que lhe falava apressadamente de cima do cavalo, e, para minha surpresa, reconheci tratar-se de N., o jovem que partira no dia anterior pela manhã e com quem Monsieur M* estivera tão ocupado. Mas disseram então que ele estava partindo para algum lugar muito distante, para o sul da Rússia, e por isso fiquei tão surpreso ao tornar a vê-lo entre nós tão cedo e a sós com Madame M*.

Ela estava animada e perturbada como eu nunca a vira antes, e lágrimas brilhavam-lhe nas faces. O jovem segurava-lhe a mão, que beijava inclinando-se na sela. Eu os surpreendia no momento da despedida. Pareciam ter pressa. Por fim, ele tirou do bolso um pacote lacrado, entregou-o a Madame M*, envolveu-a com um braço, sem apear do cavalo, e deu-lhe um beijo demorado e ardente. Um instante depois ele golpeou o cavalo e passou por mim voando como uma flecha. Madame M* o acompanhou por alguns segundos com o olhar e, em seguida, se dirigiu para casa com um ar pensativo e desconsolado. Mas depois de dar alguns passos pela clareira, ela de repente pareceu voltar a si, afastou apressadamente os arbustos e tomou o caminho do bosque.

Fui atrás dela, perturbado e surpreso, perplexo com tudo o que vira. Meu coração batia com força, como que de susto. Estava entorpecido e embotado; meus pensamentos eram fragmentados e dispersos; mas me lembro de que, por algum motivo, me sentia terrivelmente triste. De vez em quando, por entre o verde, via surgir diante de mim seu vestido branco. Eu a seguia maquinalmente, sem perdê-la de vista, mas temendo que ela notasse minha presença. Por fim, ela saiu para a vereda que levava ao jardim. Depois de esperar meio minuto, também saí; mas qual não foi a minha surpresa quando de repente notei na areia vermelha da vereda um pacote lacrado, que reconheci à primeira vista — o mesmo que dez minutos antes fora entregue a Madame M*.

Peguei-o. O papel estava em branco de todos os lados,

sem assinatura alguma; na aparência, não era grande, mas cheio e pesado, como se houvesse nele umas três folhas ou mais de papel de carta.

O que significava esse envelope? Sem dúvida, com ele se explicaria todo esse mistério. Talvez nele estivesse dito o que N. esperava não poder expressar pela brevidade apressada do encontro. Ele nem sequer apeara do cavalo... Se estava com pressa, ou se talvez temesse trair a si mesmo na hora da despedida, só Deus sabe...

Parei e, sem sair para a vereda, joguei nela o pacote num lugar bem visível e sem tirar os olhos de cima dele, supondo que Madame M* notaria a perda, retornaria e se poria a procurar. Mas depois de esperar uns quatro minutos, não aguentei, tornei a pegar o meu achado, coloquei-o no bolso e me lancei ao encalço de Madame M*. Fui alcançá-la já no jardim, em uma aleia grande; estava indo direto para casa, com um passo rápido e apressado, mas absorta e com os olhos voltados para o chão. Não sabia o que fazer. Aproximar-me e lhe entregar? Isso significava dizer que sabia de tudo, que vira tudo. Havia de me trair à primeira palavra. E como iria olhar para ela? Como ela iria olhar para mim?... Ainda tinha a esperança de que ela voltasse a si, se desse conta de sua perda e retornasse pelo próprio rastro. Poderia então, furtivamente, jogar o envelope no caminho e ela o encontraria. Mas não! Estávamos nos aproximando da casa; já havia sido notada...

Nessa manhã, como que de propósito, quase todos haviam se levantado muito cedo, porque ainda na véspera, após a excursão fracassada, haviam concebido uma nova, da qual eu não sabia. Todos estavam se preparando para a partida e tomavam o café da manhã no terraço. Esperei uns dez minutos para que não me vissem com Madame M* e, contornando o jardim, saí em direção à casa pelo outro lado, bem depois dela. Ela andava de um lado para o outro pelo terraço,

pálida e inquieta, com os braços cruzados sobre o peito e, pelo que tudo indicava, resistindo e se esforçando para sufocar uma agonia torturante e desesperada, que se podia ler claramente em seus olhos, em seu andar e em todos os seus movimentos. Às vezes descia a escada do terraço e dava alguns passos entre os canteiros de flores em direção ao jardim; seus olhos procuravam algo na areia da vereda e no chão do terraço com impaciência, avidez e até imprudência. Não havia dúvida: ela se dera conta de sua perda e pelo jeito achava que deixara o pacote cair em algum lugar por ali, perto da casa — sim, era isso, ela estava certa disso!

Alguém, e depois outros também notaram que ela estava pálida e inquieta. Choveram perguntas sobre sua saúde e lamentações enfadonhas; ela teve de levar na brincadeira, sorrir e parecer alegre. De vez em quando lançava um olhar para o marido, que estava de pé numa extremidade do terraço, conversando com duas damas, e a pobrezinha era dominada pelo mesmo tremor, pela mesma perturbação que na primeira noite da chegada dele. Enfiando a mão no bolso e segurando apertado o envelope, eu estava um pouco distante de todos, suplicando ao destino para que Madame M* notasse a minha presença. Queria animá-la, tranquilizá-la, ainda que fosse apenas com o olhar; dizer-lhe algo apressado e furtivamente. Mas quando ela por acaso olhou para mim, estremeci e baixei os olhos.

Vi a sua aflição e não estava enganado. Até hoje não conheço esse segredo, não sei de nada, a não ser o que eu mesmo vi e que acabei de contar. Essa ligação talvez não fosse do tipo que se pudesse supor à primeira vista. Talvez aquele beijo fosse de despedida, talvez tenha sido o último, como uma recompensa delicada ao sacrifício; que lhe era rendida em nome de sua tranquilidade e honra. N. partira, ele a deixara, talvez para sempre. Por fim, até essa carta, que eu tinha em mãos — quem pode saber o que continha? Como julgar e a quem condenar? E, no entanto, disso não há dúvida, a súbita revelação de seu segredo teria sido um golpe terrível e fulminante em sua vida. Ainda me lembro de seu rosto naquele momento: seria impossível sofrer mais. Sentir, saber, ter certeza, esperar, como a uma execução, que em um quarto de hora, talvez em um minuto, tudo podia ser descoberto; o pacote seria encontrado por alguém, pego; estava sem assinatura, poderiam abri-lo e, então... então, o que aconteceria? Que execução poderia ser pior do que aquela que a esperava? Ela andava entre seus futuros juízes. Em um minuto seus rostos sorridentes e lisonjeiros se tornariam ameaçadores e implacáveis. Leria escárnio, fúria e um desprezo glacial nesses rostos, e depois cairia uma noite eterna e sem aurora em sua vida... É verdade que na época não entendia isso tudo do mesmo modo que percebo agora. Só podia suspeitar, pressentir e condoer-me por um perigo do qual sequer tinha plena consciência. Mas no que quer que consistisse seu segredo, muito fora expiado, se é que algo precisava ser expiado, por aqueles momentos de aflição de que fui testemunha e que jamais esquecerei.

Mas eis que se ouviu uma alegre convocação para a partida; todos se puseram em movimento com alegria; de todos os lados se ouviam risadas e conversas animadas. Em dois minutos o terraço ficou deserto. Madame M* desistiu do passeio e acabou por confessar que não se sentia bem. Mas, graças a Deus, todos se foram, todos se apressaram, e não houve tempo para importuná-la com lamentações, indagações e conselhos. Poucos ficaram em casa. O marido disse-lhe algumas palavras; ela respondeu que ficaria boa no mesmo dia, que não se preocupasse, que não havia motivo para se deitar e que iria para o jardim sozinha... comigo... Nisso lançou-me um olhar. Nada poderia ser mais propício! Cheguei a corar de alegria; um minuto depois estávamos a caminho.

Um pequeno herói

Ela seguiu pelas mesmas aleias, veredas e sendas pelas quais voltara havia pouco do bosque, recordando-se instintivamente do caminho que fizera antes, olhando fixamente à sua frente, sem desviar os olhos do chão, procurando nele, sem fazer caso de mim, talvez esquecida de que eu estava indo com ela.

Mas quando estávamos quase chegando ao lugar onde pegara a carta e onde terminava a senda, Madame M* de repente se deteve e, com uma voz débil e apagada de tristeza, disse que havia piorado e que voltaria para casa. Mas, ao chegar à cerca do jardim, tornou a se deter e refletiu por um minuto; um sorriso de desespero aflorou-lhe aos lábios, e, completamente esgotada, extenuada e decidida a tudo, resignada a tudo, voltou a tomar em silêncio o primeiro caminho, e dessa vez esquecendo-se até de me avisar...

Eu me dilacerava de angústia e não sabia o que fazer.

Fomos, ou, melhor dizendo, eu a conduzi para o local de onde uma hora antes ouvira o escarvar do cavalo e a conversa deles. Ali, perto de uma árvore de olmo frondoso, havia um banco talhado num bloco de rocha enorme, em torno da qual a hera se entrelaçava e medravam jasmins-do-mato e roseiras bravas. (Esse bosquete todo estava salpicado de pontezinhas, caramanchões, grutas e surpresas como essas.) Madame M* se sentou no banquinho, olhando absorta para a paisagem maravilhosa que se estendia diante de nós. Um minuto depois ela abriu um livro, cravou nele os olhos, impassível, sem folhear as páginas, sem ler e quase sem se dar conta do que fazia. Já era nove e meia. O sol estava alto e flutuava suntuosamente sobre nós pelo céu azul, profundo, dando a impressão de que se fundia em seu próprio fogo. Os ceifeiros já iam longe; mal dava para vê-los da nossa margem; os sulcos intermináveis da relva recém-ceifada insistiam em rastejar atrás deles, e de vez em quando uma brisa que se agitava levemente soprava um vapor perfumado em nossa direção. Em volta soava o concerto incessante daquelas que "não semeiam nem colhem",[17] mas são insubordinadas como o ar que cortam com suas asas velozes. Parecia que, naquele instante, cada florzinha, até a última folhinha de erva, destilando o aroma do sacrifício, dizia ao seu Criador: "Pai, sou bem-aventurada e feliz!...".

Olhei para a pobre mulher, que era a única criatura a parecer morta em meio a toda aquela vida alegre: tinha suspensas nos cílios duas grossas lágrimas imóveis, que a dor aguda lhe arrancara do coração. Estava em minhas mãos reanimar e tornar feliz aquele pobre coração desfalecido, só não sabia como começar a fazê-lo, como dar o primeiro passo. Estava agoniado. Uma centena de vezes tive o ímpeto de ir até ela, e a cada vez um sentimento indecifrável punha-me cravado no lugar, e a cada vez o rosto ardia-me como fogo.

De repente, uma ideia brilhante veio-me à mente. Havia encontrado um meio; renasci.

— Quer que lhe traga um buquê? — disse com uma voz tão alegre que Madame M* ergueu de repente a cabeça e olhou-me fixamente.

— Traga — disse ela afinal, com a voz fraca, um sorriso quase imperceptível, e no mesmo instante tornou a baixar os olhos para o livro.

— Senão, é possível que venham ceifar a relva aqui também e não haverá flores — gritei-lhe, pondo-me alegremente a caminho.

Não tardei a colher meu buquê, simples e modesto. Teria sido uma vergonha levá-lo para dentro de casa; mas com que alegria batia-me o coração ao juntar as flores e atá-las! A rosa brava e o jasmim-do-mato colhi naquele mesmo lu-

---

[17] Alusão às palavras do Evangelho de Mateus (6, 26): "Olhai as aves do céu: não semeiam, nem colhem, nem ajuntam em celeiros". (N. da T.)

gar. Sabia que por perto dali havia um campo de centeio em maturação. Corri para lá atrás de centáureas. Misturei-as com umas espigas compridas de centeio, escolhendo as mais douradas e viçosas. Ali mesmo, por perto, deparei-me com um ninho inteiro de miosótis, e meu buquê já começava a ficar completo. Mais adiante, no prado, encontrei campânulas azuis e cravos do campo, e corri atrás de lírios-d'água amarelos até bem a beira do rio. Por fim, já de volta, ao entrar no bosque por um instante para pegar algumas folhas verde-claras de bordo em forma de palma e envolver com elas o buquê, dei por acaso com uma família inteira de amores-perfeitos, perto dos quais, para minha felicidade, um aroma perfumado de violetas denunciava na relva espessa e exuberante uma florzinha escondida, ainda toda salpicada das gotas brilhantes do orvalho. O buquê estava pronto. Atei-o com fibras de capim longas e finas, que trancei como uma corda, e dentro coloquei cuidadosamente a carta, cobrindo-a bem com as flores — mas de modo que fosse fácil notá-la, por menor que fosse a atenção concedida ao meu buquê.

Levei-o a Madame M*.

No caminho, achei que a carta estava muito à vista: cobri-a melhor. Ao me aproximar mais, enfiei-a ainda mais entre as flores; e por fim, quando já estava quase chegando ao local, de repente enfiei-a tão profundamente no buquê que já não havia nada visível de fora. Tinha as faces verdadeiramente em chamas. Minha vontade era cobrir o rosto com as mãos e imediatamente deitar a correr, mas ela olhou para as minhas flores como se tivesse esquecido completamente que eu fora colhê-las. Mecanicamente, ela estendeu a mão e pegou o meu presente quase sem olhar; mas no mesmo instante colocou-o no banco como se fosse para isso que o dera a ela, e tornou a baixar os olhos para o livro, como que absorta. Estava prestes a chorar pelo fracasso. "Contanto que meu buquê fique perto dela" — pensei —, "contanto que ela não se esqueça dele!" Deitei-me na relva ali perto, coloquei o braço direito sob a cabeça e fechei os olhos, como que vencido pelo sono. Mas não tirei os olhos dela e fiquei esperando.

Passaram-se uns dez minutos; tinha a impressão de que ficava cada vez mais pálida... De repente, um acontecimento abençoado veio em meu auxílio.

Foi uma abelha dourada, grande, que uma aragem benévola trouxera para minha sorte. Primeiro zumbira sobre a minha cabeça e depois se aproximou de Madame M*. Ela se pôs a afugentá-la uma ou duas vezes com a mão, mas a abelha, como que de propósito, se pôs ainda mais persistente. Por fim, Madame M* pegou meu buquê e o agitou diante de si. Nesse momento o pacote se desprendeu de entre as flores e caiu diretamente sobre o livro aberto. Estremeci. Por algum tempo, muda de espanto, Madame M* olhava ora para o pacote, ora para as flores que segurava nas mãos, e parecia não acreditar nos próprios olhos. De repente corou, ruborizou e olhou para mim. Mas eu, já antecipando o seu olhar, fechara bem os olhos e fingia dormir. Por nada no mundo a teria olhado diretamente no rosto nesse momento. Meu coração parava e tornava a pulsar como um passarinho que caíra nas garras de um menino de aldeia de cabelos encaracolados. Não me lembro quanto tempo passei com os olhos fechados: uns dois ou três minutos. Afinal me atrevi a abri-los. Madame M* lia a carta com avidez e, a julgar pelas faces ruborizadas, pelo olhar cintilante e marejado, pelo rosto radiante, em que cada traço vibrava com uma sensação de alegria, adivinhei que a felicidade estava nessa carta e que toda a sua angústia se dissipara como fumaça. Um sentimento doce e martirizante assenhorou-se do meu coração, foi difícil para mim continuar fingindo...

Nunca me esquecerei desse instante!

De repente fizeram-se ouvir vozes ainda longe de nós.

— Madame M*! Natalie! Natalie!

Um pequeno herói

Madame M* não respondeu, mas levantou-se rapidamente do banco, aproximou-se e se inclinou sobre mim. Senti que me olhava diretamente no rosto. Os cílios começaram a tremer, mas me contive e não abri os olhos. Tentei respirar de modo mais regular e tranquilo, mas o coração sufocava-me com golpes violentos. Sua respiração ardente queimava-me as faces; ela se inclinou para bem perto do meu rosto, como que para pô-lo à prova. Finalmente senti um beijo e lágrimas caírem-me sobre a mão, a mesma que jazia sobre meu peito.

— Natalie! Natalie! Onde está você — tornou a fazer-se ouvir, já bem perto de nós.

— Já vou — disse Madame M*, com sua voz grossa e argentina, mas que as lágrimas sufocavam e faziam vibrar, e tão baixinho que eu era o único a poder ouvi-la —, já vou.

Mas nesse instante o coração finalmente me traiu e parecia enviar todo o sangue para o meu rosto. Nesse mesmo instante, um beijo ardente e rápido queimou-me os lábios. Soltei um grito fraco, abri os olhos, mas seu lencinho de gaze do dia anterior já caía sobre eles — como se ela quisesse com ele me cobrir do sol. Um instante depois ela já não estava ali. Ouvi apenas o farfalhar de passos que se afastavam apressadamente. Estava só.

Tirei de cima de mim o lenço, e o beijei fora de mim de arrebatamento; por alguns momentos fiquei como um desvairado... Mal recuperei o fôlego, apoiei o cotovelo na relva e me pus a contemplar distraído e imóvel, diante de mim, as colinas circundantes repletas de trigais, o rio que as contornava sinuoso e que serpeava ao longe, a perder de vista, por entre outras colinas e aldeias, que cintilavam como pontos por todo o horizonte inundado de luz, os bosques azuis-escuros que mal dava para distinguir, que pareciam se esfumaçar à beira de um céu incandescente, e uma doce calmaria, como que evocada pela tranquilidade solene da cena, foi aos poucos refreando meu coração perturbado. Eu me senti mais leve e respirei mais livremente... Mas toda a minha alma se afligia de uma maneira surda e doce, como que pela intuição de algo, como que por um pressentimento. Alguma coisa era adivinhada timidamente e com alegria pelo meu coração assustado, levemente estremecido pela expectativa... e de repente meu peito começou a ficar hesitante, começou a doer, como se algo o transpassasse, e lágrimas, lágrimas doces, jorraram de meus olhos. Cobri o rosto com as mãos e, tremendo todo como a haste de uma erva, entreguei-me sem defesas a esse primeiro desvelamento e revelação do coração, à primeira intuição ainda vaga da minha natureza. Minha primeira infância terminou nesse instante.

* * *

Quando, duas horas depois, voltei para casa, já não encontrei Madame M*: ela havia partido para Moscou com o marido, por algum motivo repentino. Nunca mais tornei a vê-la.

UMA HISTÓRIA DE CRIANÇA

Fátima Bianchi

Publicada pela primeira vez na edição de agosto de 1857 da revista *Otiétchestvennie Zapíski* [*Anais da Pátria*], com o pseudônimo de M...i, a novela *Um pequeno herói*, de Fiódor Dostoiévski, retrata, com extrema delicadeza, os sentimentos de um menino com pouco menos de onze anos às voltas com a sua primeira experiência amorosa significativa. Dada a leveza e a luminosidade de seu estilo, o leitor desavisado pode ter dificuldade em imaginar que a obra foi escrita precisamente em 1849, um dos períodos mais dramáticos da vida de seu autor.

Acusado de conspiração contra o tsar Nicolau I no processo que ficou conhecido como "O caso Petrachévski", Dostoiévski foi preso em inícios de 1849, junto com outros companheiros.

Quando foi apresentado ao militante Mikhail Petrachévski (1821-1866), defensor do socialismo utópico, em março de 1847, e começou a frequentar as reuniões em sua casa, Dostoiévski logo se deu conta de que a única coisa em comum entre os participantes eram vagas aspirações de mudança social. De acordo com seu depoimento, prestado mais tarde ao tribunal que investigava o caso, era "impossível encontrar mais de três membros do grupo que concordassem em algum ponto. Por isso, nessas reuniões vivia-se constantemente discutindo, manifestando pontos de vista contradi-

Posfácio

tórios, que não acabavam nunca".[1] E declarou que, apesar de não ser um frequentador assíduo, também tomara parte em alguns desses debates.

Além de questões literárias, um dos principais temas abordados pelo círculo de Petrachévski referia-se à libertação dos servos, um assunto caro a Dostoiévski. Segundo relato de um amigo seu, o escritor A. P. Miliúkov,[2] quando alguém ali expressava dúvidas de que a questão pudesse ser resolvida por vias legais, Dostoiévski replicava rispidamente que não acreditava em nenhuma outra via. Outro tema discutido com frequência, e que sempre o deixava incomodado pelo modo áspero e inconsequente com que era abordado pelos membros mais radicais, referia-se à questão da censura. Ainda assim, Miliúkov relata que, pouco antes das prisões, um amigo havia trazido de Moscou uma cópia do famoso artigo "Carta a Gógol", de Bielínski,[3] que na época produzira uma forte impressão, mas cuja divulgação estava terminantemente proibida por seus ataques ao governo e ao obscurantismo da Igreja Ortodoxa. O artigo foi lido por Dostoiévski em uma das reuniões e, depois, em várias outras casas de conhecidos seus, e ele ainda permitiu que fizessem cópias. Esse fato serviu como um dos mais importantes argumentos para a prisão e o exílio do escritor, além das acusações de ter tomado parte

---

[1] David Magarshack, *Dostoievsky*, tradução de Antonio Gonçalves, Lisboa, Aster, s/d, p. 96.

[2] A. P. Miliúkov, *F. M. Dostoiévski v vospominaniakh sovremiéni-kov* [F. M. Dostoiévski na recordação de seus contemporâneos], Moscou, Khudójestvenaia Literatura, 1990, vol. 1, p. 262.

[3] Ver a edição brasileira: Vissarion Bielínski, "Carta a Nikolai Vassílievitch Gógol", tradução de Renata Esteves, em Bruno Barretto Gomide (org.), *Antologia do pensamento crítico russo (1802-1901)*, São Paulo, Editora 34, 2013, pp. 147-59.

em reuniões onde os atos do governo e a instituição da censura e da servidão eram criticados.

Acerca do episódio de sua prisão, o próprio Dostoiévski deixou registrado num álbum da filha de Miliúkov, em 24 de maio de 1860, quando já se encontrava de regresso a Petersburgo:

"Em 22, ou melhor, 23 de abril [de 1849], cheguei em casa por volta de quatro horas da manhã, depois de uma visita a Grigóriev, deitei-me e adormeci imediatamente. Passado menos de uma hora, em meio ao sono, percebi que umas pessoas estranhas e suspeitas haviam entrado em meu quarto. Ouvi o tinido de um sabre tocando sem querer em alguma coisa. Que seria aquilo? Abri os olhos com esforço e ouvi uma voz suave e simpática:

— Levante-se!

Olhei e vi o comissário da polícia do distrito, ou do bairro, com belas suíças. Mas não fora ele quem falara; o senhor que falou vestia um uniforme azul, com dragonas de tenente-coronel.

— O que aconteceu? — perguntei, erguendo-me na cama.

'Por ordem de...'

Olhei [o documento] e vi que era realmente 'por ordem de'. À porta postava-se um soldado, também de uniforme azul. Fora o sabre dele que tinira. [...]

'Ah, então é isso!', pensei.

— Então permitam-me... — comecei a dizer.

— Está bem, está bem, vista-se. Ficaremos à espera, senhor — acrescentou o tenente-coronel, com uma voz ainda mais simpática.

Posfácio

Enquanto me vestia, exigiram todos os meus livros e se puseram a revolvê-los. Não encontraram muita coisa, mas remexeram em tudo."[4]

Como ficou elucidado após as prisões, já havia muito tempo que o círculo de Petrachévski era vigiado e que o Ministério de Assuntos Interiores havia introduzido em suas reuniões um jovem estudante chamado Antonelli, que simulava compartilhar as ideias da juventude liberal. E ele não só frequentava as reuniões regularmente como instigava seus membros a discussões mais extremadas; em seguida, anotava tudo o que fora dito e entregava aos superiores.

Para as investigações sobre os *petrachévtsi*, como ficaram conhecidos aqueles que frequentavam sua casa às sextas-feiras, fora nomeada uma Comissão Especial de Inquérito, que trabalhou de abril a outubro de 1849, até a conclusão do processo.

Dostoiévski passou oito meses confinado na casamata solitária do Revelim Aleksêiev, na Fortaleza de Pedro e Paulo, em São Petersburgo, em condições nas quais muitos certamente não teriam sobrevivido. O Revelim era tido como o pior lugar da mais sinistra prisão política da Rússia e, como tal, destinado aos criminosos de Estado mais importantes. Dostoiévski, no entanto, sem temer revelar o seu profundo conflito enquanto escritor com o regime de Nicolau I, foi categórico diante de seus inquisidores, ao defender a sua crença ardente na capacidade da criação artística:

"Eu amo a literatura e não consigo deixar de me interessar por ela... A literatura é um dos modos de expressão da vida do povo, é um espelho da

---

[4] A. P. Miliúkov, *op. cit.*, pp. 265-6.

sociedade. Quem poderia formular uma ideia nova numa tal forma que o povo pudesse entender — quem, senão a literatura?!"[5]

De abril a julho, enquanto eram realizadas as investigações, os prisioneiros não tiveram permissão para fazer nada, e só conseguiam se comunicar com o vizinho de cela por meio de toques na parede. Foram privados do direito de se corresponder com os familiares, assim como proibidos de ler livros e redigir qualquer tipo de documento que não estivesse relacionado com os interrogatórios da comissão de inquérito.

Apenas em julho de 1849 é que receberam permissão para ler, escrever e passar um quarto de hora fazendo exercício físico no pequeno pátio da prisão, sob a vigilância de um guarda armado. Já no dia 18 do mesmo mês, Fiódor Dostoiévski enviou sua primeira carta da prisão para seu irmão Mikhail, que temia por sua saúde frágil, e na qual procura tranquilizá-lo:

"Você me escreve dizendo para não desanimar. E eu não vou mesmo perder o ânimo; claro que estou entediado e enjoado, mas o que se há de fazer? Aliás, nem sempre é entediante. Em geral, o tempo passa para mim de modo extremamente irregular — às vezes passa rápido demais e às vezes parece se arrastar. Por vezes tenho a impressão de já estar acostumado a essa vida e de que tanto faz. Claro que procuro afastar da imaginação todas as tentações, mas nem sempre consigo, e então toda a vida anterior irrompe em minha alma, e eu torno a

[5] Leonid Grossman, *Dostoiévski*, Moscou, Molodaia Gvárdia, 1962, p. 137.

Posfácio

reviver o passado. Mas, aliás, essa é a ordem das coisas. Os dias estão agora mais luminosos, pelo menos a maior parte deles, e sinto-me um pouco mais animado. Mas os dias chuvosos são insuportáveis, a casamata se torna sinistra."

E mais adiante continua:

"Mas eu tenho as minhas ocupações. Não passei o tempo à toa: concebi três novelas e dois romances; um deles estou escrevendo agora, mas receio trabalhar demais."

Na mesma carta ainda, Dostoiévski faz uma declaração em que expõe claramente seu processo de criação:

"Esse trabalho, em especial quando feito com gosto (e eu nunca trabalhei tanto *con amore* como agora), me deixava sempre esgotado, me punha nervoso. Quando trabalhava em liberdade, tinha sempre necessidade de interromper o trabalho a todo momento para me distrair, já, aqui, a agitação depois que escrevo tem de passar por si própria. Estou bem de saúde, a não ser as hemorroidas e os nervos abalados, que vão num *crescendo*.[6] De tempos em tempos tenho tido dor de garganta, como antes, quase não tenho apetite e durmo muito pouco, e ainda assim sou assaltado por sonhos mórbidos. Durmo umas cinco horas por noite e acordo umas quatro vezes. Isso é que é penoso. A hora

[6] "Con amore" e "crescendo": assim está no original, em caracteres latinos, não cirílicos.

mais penosa é quando o sol se põe, e aqui às nove horas já está escuro. Eu nunca durmo antes de uma ou duas horas da madrugada, de modo que suportar cerca de cinco horas no escuro é muito penoso. É isso o que mais abala a minha saúde...

Não li muita coisa aqui: duas viagens a lugares sagrados e a obra do Santo Dmítri Rostóv. Ao último me dediquei bastante; mas essa leitura é uma gota no oceano, e qualquer livro que fosse teria me deixado incrivelmente feliz. Ainda mais que isso seria até salutar, pelo fato de poder interromper meus próprios pensamentos com os pensamentos dos outros, ou então reorganizá-los sob uma nova ótica. Já vai para três meses que estamos presos; alguma coisa há de acontecer. Pode ser que não chegue a ver as folhas verdes durante esse verão. Você se lembra de que às vezes nos levavam para passear num jardinzinho no mês de maio?"[7]

Na carta seguinte, de 27 de agosto de 1849, ele agradece ao irmão por ter enviado alguns livros (e, sobretudo, números da revista *Anais da Pátria*) e se declara contente em lhe dar a notícia de que, afinal, havia recebido permissão para passear no jardim:

"[...] que tem quase dezessete árvores. E isso para mim é uma grande felicidade. Além do que, agora posso ter uma vela à noite, e isso é outro motivo de felicidade...

---

[7] Fiódor Dostoiévski, *Pólnoie sobránie sotchiniéni v tridtsatí tomakh* [Obras completas em trinta volumes], vol. 28/1, Leningrado, Ed. Naúka, 1985, pp. 156-7.

Sobre minha saúde não tenho nada de bom a dizer. Já faz um mês inteiro que estou passando a puro óleo de rícino... Estou com as hemorroidas extremamente inflamadas, e sinto uma dor no peito como nunca aconteceu antes. Além do que, sobretudo à noite, sinto que minhas impressões se intensificam, nas noites longas tenho sonhos monstruosos, e, acima de tudo, de uns tempos para cá tenho tido a impressão de que o chão balança sob meus pés, e eu fico no meu quarto como se estivesse na cabine de um navio a vapor. A conclusão que tiro disso é que estou com os nervos abalados. Antes, quando era tomado por esse estado de nervos, eu aproveitava para escrever — nesse estado sempre dava para escrever mais e melhor —, mas agora procuro me conter, para não me destruir completamente. Fiz uma pausa de umas três semanas, na qual não escrevi nada; agora estou recomeçando. Mas isso ainda não é nada; dá para viver...

Você escreveu que a literatura anda achacada. No entanto, esse número dos *Anais da Pátria* está mais rico do que nunca, com exceção, certamente, da parte das belas letras. Não há nenhum artigo que não tenha lido com prazer. A seção de ciências está um esplendor...

De tudo isso, irmão, você pode concluir que seus livros me deram um prazer imenso e que eu lhe sou muito grato por eles."

Na carta de 14 de setembro de 1849, Dostoiévski agradece a Mikhail pelo envio de dinheiro e livros (Shakespeare, a *Bíblia* e os *Anais da Pátria*), e comenta sobre seu estado geral:

"Quanto a mim, não há nada de novo. O desarranjo intestinal e as hemorroidas estão do mesmo jeito. Nem sei quando isso há de ter fim. E eis que os meses difíceis do outono já estão aí, e com eles a minha hipocondria. Agora o céu já está ficando encoberto, e a nesga de céu claro que vejo de minha casamata é uma garantia para a minha saúde e a minha boa disposição de espírito. Mas o que importa por enquanto é que esteja vivo e com saúde. E isso para mim é um fato. E por isso você, por favor, não fique pensando nada de mal a meu respeito. Por enquanto estou muito bem no que se refere à saúde. Eu esperava que fosse muito pior e agora vejo que a minha vitalidade está tão resguardada que não pode se esvair.

Agradeço mais uma vez pelos livros. Ao menos eles são sempre uma distração. Já faz quase cinco meses que estou vivendo dos meus próprios recursos, isto é, só de minha cabeça e nada mais. Por enquanto a máquina ainda não desparafusou e está em atividade. Aliás, é só pensamento e nada além de pensamento, sem qualquer impressão exterior para sustentá-lo e lhe dar vida nova, é muito penoso! Sinto-me como se estivesse sob uma bomba de ar, da qual vão extraindo o ar. Tudo em mim foi para a cabeça, e da cabeça para o pensamento, tudo, absolutamente tudo, e não obstante esse trabalho vai se avolumando a cada dia.[8] Os livros, ainda que sejam uma gota no oceano, ainda assim ajudam. Quanto ao meu próprio trabalho, é como se

---

[8] Dostoiévski refere-se aqui à escrita de *Um pequeno herói*.

não fizesse senão espremer o último suco. Aliás, estou contente com ele.

Reli os livros que você me enviou. Agradeço sobretudo por Shakespeare. Como foi que adivinhou? Nos *Anais da Pátria* há um romance muito bom. Mas a comédia de Turguêniev é inconcebivelmente ruim..."[9]

Um mês depois, o processo de Dostoiévski era concluído. A 19 de novembro de 1849, o Conselho de Guerra submeteu ao Imperador um relatório sugerindo a suspensão da pena de execução a todos os acusados e sua comutação por um período de prisão. No entanto, nem a sentença de morte nem sua comutação foram reveladas aos acusados: Nicolau I decidiu prolongar o simulacro, estendendo-o até a própria cerimônia de execução, a ser realizada em praça pública com toda a pompa que a ocasião exigia. A troca da pena de morte pela sentença de trabalhos forçados só foi comunicada aos prisioneiros no último minuto, no momento em que estava prestes a ser cumprida.

Logo em seguida à simulação da pena de morte, e após ver negada a autorização para se despedir do irmão antes da partida para os trabalhos forçados na Sibéria, ao regressar à sua cela, Dostoiévski escreveu a Mikhail uma última carta da Fortaleza de Pedro e Paulo,[10] em que revela as suas impressões imediatas sobre a cerimônia de execução:

---

[9] Refere-se ao romance *Jane Eyre*, de Charlotte Brontë, publicado em capítulos nos números de 5 a 10 de *Anais da Pátria*, e à peça *Kholostiak* [O solteirão], de Turguêniev.

[10] Carta de 22 de dezembro, em *Pólnoie sobránie sotchiniéni v tridtsatí tomakh* [Obras completas em trinta volumes], *op. cit.*, vol. 28/1, pp. 162-4.

"Querido, adorado irmão — está tudo decidido. Condenaram-me a quatro anos de trabalhos forçados (creio que em Oremburgo) e, em seguida, a me incorporar ao Exército como soldado raso [...]. No último momento, você, só você permaneceu em minha mente — e só então avaliei o quanto o amava."

E em seguida ele continua, já se referindo à sentença de prisão na Sibéria:

"Meu irmão, não esmoreci, não perdi o alento. A vida é vida em qualquer lugar, a vida está em nós mesmos, e não no exterior. Haverá outras pessoas comigo, e ser gente entre outras pessoas e permanecê-lo para sempre, seja em que infortúnio for, sem se deixar esmorecer e perder o alento — é nisso que consiste a vida, é nisso que consiste a sua tarefa. Eu me conscientizei disso. Essa ideia entrou no meu corpo e no meu sangue. É verdade! Aquela cabeça que criava, que vivia a vida superior da arte, que tinha consciência e que estava habituada às mais elevadas exigências do espírito, essa cabeça já foi cortada de meus ombros. Restaram a lembrança e as imagens, criadas e ainda não encarnadas por mim. Fui ferido, é verdade! Mas restaram-me o coração e o mesmo corpo e sangue, que também são capazes de amar, de sofrer, de desejar e de lembrar, e isso, apesar de tudo, é vida! *On voit le soleil!*[11]

[11] Citação livre do capítulo 29 do romance *Le dernier jour d'un condamné* [O último dia de um condenado à morte], de Victor Hugo, publicado em 1829: "Un forçat, cela marche encore, cela va et vient, cela voit

Agora, no que se refere às questões materiais: os livros (a *Bíblia* ficou comigo) e as folhas do meu manuscrito (os rascunhos de um drama e de um romance, e a novela já terminada *Uma história de criança*) foram-me confiscados e, com toda certeza, serão entregues a você.

Quem sabe ainda possamos nos abraçar e recordar nosso tempo juvenil, dourado, que passou, a nossa juventude e as nossas esperanças, que eu nesse momento arranco de meu coração sangrando para enterrar.

Será possível que nunca mais hei de voltar a pegar uma pena em minha mão? Penso que dentro de quatro anos será possível. Eu lhe enviarei tudo o que escrever, se escrever alguma coisa. Meu Deus! Quantas imagens desfeitas, que tornarei a criar, haverão de perecer, de se apagar em minha mente ou de se dissipar feito veneno no sangue! De fato, se for impedido de escrever, estarei perdido. Prefiro passar quinze anos preso com uma pena na mão.

Estes dois meses e meio (os últimos) em que fui proibido de me corresponder foram muito penosos para mim. Puseram-me doente.

Quando olho para o que passou e penso no tempo que perdi à toa, que perdi com bobagens, no caminho errado, com futilidades, por incapacidade de viver; como pude não valorizá-lo, quantas vezes eu pequei contra o meu coração e a minha alma — então sinto o coração se desfazer em pedaços. A vida é um presente, a vida é uma felicidade, cada

le soleil" [Um condenado também anda, se movimenta, também vê o sol] — obra a que Dostoiévski se referia com frequência.

minuto poderia ser de felicidade eterna. *Si jeunesse savait!*[12] Agora, uma vida diversa, revivo numa nova forma. Irmão! Eu lhe juro que não perderei as esperanças e que conservarei puros o coração e a alma. Renascerei para melhor. Nisso está toda a minha esperança, toda a minha alegria."

Por fim, Dostoiévski acabou recebendo permissão para se encontrar com Mikhail na hora da partida, e mais tarde registrou nunca ter se esquecido desse dia, na véspera do Natal, quando, depois de se despedir do irmão, foi enviado às 9 horas da noite para a Sibéria, num trenó.

Como observa Victor Terras, antes de sua prisão Dostoiévski era uma pessoa nervosa, irritadiça, que a todo momento acabava se desentendendo com seus amigos, sem razão. O próprio escritor chegou a afirmar numa sessão de interrogatório à Comissão Secreta de Inquérito que ele "tinha a reputação de ser uma pessoa reticente, taciturna e insociável".[13]

E bem mais tarde, segundo seu amigo, o escritor Vsievolod Solovióv, ao comentar sobre sua doença nervosa, ele declarou:

"[...] foi o destino que me ajudou na época, a prisão me salvou... fez de mim outro homem. Quando me vi na Fortaleza, achei que aquilo era o meu fim, achei que não aguentaria nem três dias — e de repente me acalmei. Afinal, o que fiz eu lá...? eu es-

[12] Literalmente, "Se a juventude soubesse!".

[13] Conforme declaração de V. Maikov à Comissão Secreta de Inquérito, *apud* Victor Terras, *The young Dostoevsky (1846-1849)*, Haia/Paris, Mouton, 1969, p. 270.

crevi *Um pequeno herói* — leia-o, há nele algum vestígio de amargura, de sofrimento? Eu tinha sonhos bons e tranquilos, e depois, à medida que o tempo foi passando, foi ficando melhor. Para mim, isso foi uma grande felicidade."[14]

Ao ser preso, Dostoiévski estava trabalhando no romance *Niétotchka Niezvânova*,[15] que foi interrompido e permaneceu inacabado — mas sua ideia central, o despertar da consciência amorosa numa criança, continuou a perturbá-lo. E quando recebeu permissão para escrever na prisão, embora tenha preferido se dedicar a uma nova obra, completamente diferente da que estava compondo, continuou, no entanto, a desenvolver o mesmo tema, apenas trocou sua pequena heroína por um pequeno herói, um garoto tímido e crédulo que experimentava o amor pela primeira vez.

Nesse sentido, o desenrolar de *Um pequeno herói*, ao descrever o surgimento de um sentimento de um amor elevado (mesclado à percepção difusa da própria sexualidade) na alma de uma criança, de certa forma se apresenta como uma variante da série de temas trabalhados em *Niétotchka Niezvânova*. Mas enquanto nessa novela a ação se estende por vários anos, os acontecimentos descritos em *Um pequeno herói* se concentram no período de apenas alguns dias.

Como em nenhuma outra obra sua, esta pequena novela irradia a atmosfera alegre e despreocupada da vida no

---

[14] Essa conversa teve lugar em março de 1874 e é narrada por Vsievolod Solovióv em *F. M. Dostoiévski na recordação de seus contemporâneos, op. cit.*, vol. 2, p. 212.

[15] Este romance foi publicado em folhetim nos primeiros meses de 1849. Para a edição brasileira, ver Fiódor Dostoiévski, *Niétotchka Niezvânovna*, tradução, posfácio e notas de Boris Schnaiderman, São Paulo, Editora 34, 2002.

campo durante uma temporada de verão. Nela "encontramos algo que quase sempre está ausente em seus trabalhos: o céu, o sol e o ar, algo raramente encontrado em qualquer obra de ficção do escritor".[16] Esse ambiente festivo é o cenário para os jogos amorosos e de entretenimento da afluente sociedade moscovita, que Dostoiévski reconstitui com precisão exemplar.

Todos os acontecimentos são visualizados através da ótica, cheia de frescor, de um garoto de onze anos que repentinamente, de maneira profundamente interiorizada, tem consciência de que está vivendo sua primeira experiência amorosa — e a vive de forma intensa, devotada e decidida, como um rito de passagem. Com várias referências a leituras românticas dos romances de cavalaria (Schiller, principalmente), o protagonista reconstrói em sua memória o quadro colorido daqueles dias de final da infância, no qual as descrições da natureza ocupam lugar extremamente significativo.

A paisagem lírica e luminosa dos arredores de Moscou adquire uma carga quase explosiva numa das passagens mais importantes da novela, quando, adentrando no bosque onde também se encontra Madame M*, o menino se depara pela primeira vez com os dilemas morais do mundo adulto. O sol alto que se funde em seu próprio fogo, a profusão de flores e insetos no bosque, a imagem das foices afiadas e da relva sendo cortada do outro lado do rio, tudo isso compõe um quadro de uma intensidade praticamente insuportável, que espelha o drama vivido por Madame M* e repercute duramente na alma enamorada do "pequeno herói".

Contrapondo a veracidade e profundidade dos sentimentos de uma criança ao mundo fútil, utilitário e calculista

---

[16] Ver K. Motchúlski, *Dostoiévski, jizn i tvórtchestvo* [Dostoiévski, vida e obra], Paris, YMCA-Press, 1947, p. 111.

dos adultos, Dostoiévski realiza aqui, como numa operação cirúrgica, um retrato agudo da sociedade russa. Tratando com pesos variados as figuras femininas e as masculinas (estas vistas de forma mais distanciada pela ótica do menino), é particularmente contundente sua caracterização do marido de Madame M*, associado a uma linhagem de "Tartufos e Falstaffs congênitos". Nesse ponto, a voz do narrador adota mesmo um tom irritado, bilioso e claramente acusatório, relacionando a personagem de Falstaff a uma estirpe de pessoas desocupadas, que engordam à custa alheia e — tal como Tartufo — se apresentam como temperamentos geniais e incompreendidos, mas que, no fundo, "têm um pedaço de banha no lugar do coração".

O desprezo de Dostoiévski pelo tipo literário que posteriormente ficou conhecido como "homem supérfluo" é amplamente conhecido, e já fora exposto antes em sua "Crônica de Petersburgo". No caso desta novela, alguns críticos tendem a ver em suas palavras uma afronta pessoal ao escritor Ivan Turguêniev — e alguns chegam mesmo a considerar a personagem de Monsieur M* como a primeira caricatura do romancista feita por Dostoiévski, que aludiu a ele também no romance *Os demônios*, na figura nada lisonjeira de Karmazínov.[17]

Tamanha contundência na descrição de Monsieur M* funciona, na novela, como contraponto à sinceridade do menino, que parece estar sempre às voltas com questões de hon-

---

[17] Ver K. Motchúlski, *op. cit.*, p. 115. Apesar das grandes diferenças de estilo e temperamento entre Dostoiévski e Turguêniev, alguns estudiosos entendem que a publicação de *Um pequeno herói*, no início de 1860, pode ter sido um dos estímulos para a criação da novela de cunho autobiográfico *O primeiro amor*, de Turguêniev, que veio à luz nesse mesmo ano, ainda que seus primeiros rascunhos datem de janeiro de 1858.

ra: a sua e a de sua dama. Ao longo de todo o livro é evidente a preocupação de Dostoiévski com a psicologia infantil, em particular com o despertar da sexualidade na criança, tema que retoma de *Niétotchka Niezvânova*. A propósito das duas obras, segundo Boris Schnaiderman, "torna-se quase inacreditável, por exemplo, que certas páginas de *Niétotchka Niezvânova*, com sua visão clara do erotismo infantil, ou um conto como *Um pequeno herói* tenham sido escritos muito antes da existência de Freud".[18]

* * *

Por sua carta de despedida ao irmão, quando os *petrachévtsi* foram enviados para a Sibéria, sabe-se que entre os papéis confiscados, além de *Uma história de criança* havia também planos e rascunhos para um romance e um drama, que se perderam.

Ao sair da prisão para continuar a cumprir a sentença como soldado raso em Semipalátinsk (hoje Semei, no Cazaquistão oriental), já na primeira carta ao irmão, no começo de 1854, ele pergunta se havia recebido a sua novela *Uma história de criança*. Nos anos seguintes, Dostoiévski insistiria reiteradamente, nas cartas ao irmão e ao barão A. E. Vrangel, seu amigo, que se esforçassem para publicar a obra. Passados quase oito anos desde sua detenção, Mikhail e Vrangel lhe informam que tinham a intenção de oferecer a obra para publicação, e que a apresentariam aos editores dos *Anais da Pátria*.

A 21 de dezembro de 1856, ele escrevia a Vrangel:

---

[18] Boris Schnaiderman, "Crítica ideológica e Dostoiévski", *Trans/Form/Ação — Revista de Filosofia*, UNESP, Marília-SP, 1974, vol. 1, pp. 105-16.

"Se eu ficar mais um ano impedido de publicar — estarei perdido. Então é melhor nem viver! Nunca em minha vida passei por um momento tão crítico como agora. E por isso entenda, meu inestimável amigo, como é importante para mim ter qualquer notícia que seja sobre a permissão para publicar. E por isso eu lhe imploro, como a Deus, se puder se informar de algum modo sobre isso (eu havia lhe pedido isso ainda na carta anterior), então procure se informar *rapidamente*. Eu lhe imploro, e se ainda tiver o mesmo sentimento que tinha antes por mim, então haverá de entender o meu pedido e de realizá-lo. Assim sendo, meu amigo, estou enganado ou não? (Por que não publicaram minha novela *Uma história de criança*, sobre a qual me escreveu? *Será que foi recusada*? Isso é muito importante para mim. É óbvio que estou pronto a publicar sem assinatura ou com um pseudônimo, ainda que seja pelo resto da vida)."

Quando a novela, enfim, veio a público nos *Anais da Pátria* em agosto de 1857, sob pseudônimo, o autor continuou a chamá-la por seu título antigo até ter a revista em mãos; ou seja, Dostoiévski não fora consultado a respeito da mudança do título. Segundo comentário dos editores às *Obras completas*, é muito provável que a mudança tenha sido feita para disfarçar sua autoria.

A publicação, entretanto, não apaziguou o escritor. Durante os anos de reclusão, Dostoiévski havia pensado várias vezes em reelaborar a obra e fazer diversos cortes (sobretudo, eliminar os parágrafos introdutórios, em que o narrador se voltava para a personagem de uma certa Máchenka, e todos os trechos em que se referia a ela). Isso foi feito um pouco mais tarde: Dostoiévski regressou a São Petersburgo em dezembro de 1859 — exatos dez anos após ter sido enviado para os trabalhos forçados na Sibéria. No início de 1860, era publicado no primeiro volume de suas *Obras reunidas* o texto definitivo de *Um pequeno herói*. É este original, fiel aos desejos do escritor, que serviu de base para a presente tradução.

SOBRE O AUTOR

Fiódor Mikháilovitch Dostoiévski nasceu em Moscou a 30 de outubro de 1821, num hospital para indigentes onde seu pai trabalhava como médico. Em 1838, um ano depois da morte da mãe por tuberculose, ingressa na Escola de Engenharia Militar de São Petersburgo. Ali aprofunda seu conhecimento das literaturas russa, francesa e outras. No ano seguinte, o pai é assassinado pelos servos de sua pequena propriedade rural.

Só e sem recursos, em 1844 Dostoiévski decide dar livre curso à sua vocação de escritor: abandona a carreira militar e escreve seu primeiro romance, *Gente pobre*, publicado dois anos mais tarde, com calorosa recepção da crítica. Passa a frequentar círculos revolucionários de Petersburgo e em 1849 é preso e condenado à morte. No derradeiro minuto, tem a pena comutada para quatro anos de trabalhos forçados, seguidos por prestação de serviços como soldado na Sibéria — experiência que será retratada em *Escritos da casa morta*, livro que começou a ser publicado em 1860, um ano antes de *Humilhados e ofendidos*.

Em 1857 casa-se com Maria Dmitrievna e, três anos depois, volta a Petersburgo, onde funda, com o irmão Mikhail, a revista literária *O Tempo*, fechada pela censura em 1863. Em 1864 lança outra revista, *A Época*, onde imprime a primeira parte de *Memórias do subsolo*. Nesse ano, perde a mulher e o irmão. Em 1866, publica *Crime e castigo* e conhece Anna Grigórievna, estenógrafa que o ajuda a terminar o livro *Um jogador*, e será sua companheira até o fim da vida. Em 1867, o casal, acossado por dívidas, embarca para a Europa, fugindo dos credores. Nesse período, ele escreve *O idiota* (1869) e *O eterno marido* (1870). De volta a Petersburgo, publica *Os demônios* (1872), *O adolescente* (1875) e inicia a edição do *Diário de um escritor* (1873-1881).

Em 1878, após a morte do filho Aleksiêi, de três anos, começa a escrever *Os irmãos Karamázov*, que será publicado em fins de 1880. Reconhecido pela crítica e por milhares de leitores como um dos maiores autores russos de todos os tempos, Dostoiévski morre em 28 de janeiro de 1881, deixando vários projetos inconclusos, entre eles a continuação de *Os irmãos Karamázov*, talvez sua obra mais ambiciosa.

SOBRE A TRADUTORA

Fátima Bianchi é professora da área de Língua e Literatura Russa do curso de Letras da Faculdade de Filosofia, Letras e Ciências Humanas da Universidade de São Paulo. Entre 1983 e 1985, estudou no Instituto Púchkin de Língua e Literatura Russa, em Moscou. Defendeu sua dissertação de mestrado (sobre a novela *Uma criatura dócil*, de Dostoiévski) e sua tese de doutorado (para a qual traduziu a novela *A senhoria*, do mesmo autor) na área de Teoria Literária e Literatura Comparada, também na USP. Em 2005 fez estágio na Faculdade de Filologia da Universidade Estatal de Moscou Lomonóssov, com uma bolsa da CAPES.

Traduziu *Ássia* (Cosac Naify, 2002; Editora 34, 2023) e *Rúdin* (Editora 34, 2012), de Ivan Turguêniev; *Verão em Baden-Baden*, de Leonid Tsípkin (Companhia das Letras, 2003); e *Uma criatura dócil* (Cosac Naify, 2003), *A senhoria* (Editora 34, 2006), *Gente pobre* (Editora 34, 2009), *Um pequeno herói* (Editora 34, 2015), *Humilhados e ofendidos* (Editora 34, 2018) e *Crônicas de Petersburgo* (2020), de Fiódor Dostoiévski, além de diversos contos e artigos de crítica literária. Assinou também a organização e apresentação do volume *Contos reunidos*, de Dostoiévski (Editora 34, 2017). Tem participado de conferências sobre a vida e obra de Dostoiévski em várias localidades, é editora da *RUS — Revista de Literatura e Cultura Russa*, da Universidade de São Paulo, e ocupa o cargo de coordenadora regional da International Dostoevsky Society.

SOBRE O ARTISTA

Profundo conhecedor do desenho e da gravura, Marcelo Grassmann nasceu em São Simão, interior do estado de São Paulo, em 1925. Entre 1939 e 1942, estudou fundição, mecânica e entalhe em madeira no Instituto Profissional Masculino, no Brás, São Paulo. No ano seguinte passou a se dedicar à gravura em madeira, na qual logo obteve resultados altamente expressivos. Em 1946, realiza no Rio de Janeiro sua primeira exposição individual e inicia forte amizade com o gravador Oswaldo Goeldi. No Rio, onde mora por alguns anos, segue os cursos de Henrique Oswald e Poty Lazzarotto no Liceu de Artes e Ofícios, nos quais aprofunda seus conhecimentos de gravura em metal e litografia — meios que, mais tarde, juntamente com o desenho, serão seu veículo principal de expressão. Em 1953, um prêmio de viagem ao exterior, obtido no Salão Nacional de Arte Moderna, proporciona uma temporada em Viena, Áustria, durante a qual conhece Alfred Kubin e estuda atentamente a gravura e o desenho da Idade Média e do Renascimento. Aos poucos, as influências de Goeldi e Lívio Abramo, presentes no início de sua trajetória, cedem lugar a uma "personalidade visionária", como observou Ferreira Gullar, "ansiosa de trazer à atualidade seres da noite profunda, da memória perdida dos homens". Ao longo das décadas seguintes, o artista irá concentrar em suas litografias, águas-fortes e desenhos a crayon e lápis conté, um universo bastante singular, povoado por animais fabulosos, cavaleiros e princesas de olhar cristalino. Tudo isso vazado num idioma gráfico inconfundível, que lhe valeu inúmeros prêmios no país e no exterior, entre eles nas Bienais de São Paulo, Paris e Florença. Artista intenso e reflexivo, Marcelo Grassmann desde cedo reconheceu o vínculo estreito entre a gravura e a imprensa, contribuindo com ilustrações para os suplementos literários do *Diário de São Paulo*, *O Estado de S. Paulo* e *O Jornal*, do Rio de Janeiro, bem como para vários livros — incluindo a série reproduzida neste *Um pequeno herói*, realizada originalmente em 1958 para a Livraria José Olympio Editora, que a publicou em 1962. Marcelo Grassmann faleceu em São Paulo em junho de 2013, aos 88 anos.

COLEÇÃO LESTE

István Örkény
*A exposição das rosas
e A família Tóth*

Karel Capek
Histórias apócrifas

Dezsö Kosztolányi
*O tradutor cleptomaníaco
e outras histórias de Kornél Esti*

Sigismund Krzyzanowski
*O marcador de página
e outros contos*

Aleksandr Púchkin
*A dama de espadas:
prosa e poemas*

A. P. Tchekhov
*A dama do cachorrinho
e outros contos*

Óssip Mandelstam
*O rumor do tempo
e Viagem à Armênia*

Fiódor Dostoiévski
Memórias do subsolo

Fiódor Dostoiévski
*O crocodilo e
Notas de inverno
sobre impressões de verão*

Fiódor Dostoiévski
Crime e castigo

Fiódor Dostoiévski
Niétotchka Niezvânova

Fiódor Dostoiévski
O idiota

Fiódor Dostoiévski
*Duas narrativas fantásticas:
A dócil e
O sonho de um homem ridículo*

Fiódor Dostoiévski
O eterno marido

Fiódor Dostoiévski
Os demônios

Fiódor Dostoiévski
Um jogador

Fiódor Dostoiévski
Noites brancas

Anton Makarenko
Poema pedagógico

A. P. Tchekhov
*O beijo
e outras histórias*

Fiódor Dostoiévski
A senhoria

Lev Tolstói
A morte de Ivan Ilitch

Nikolai Gógol
Tarás Bulba

Lev Tolstói
A Sonata a Kreutzer

Fiódor Dostoiévski
Os irmãos Karamázov

Vladímir Maiakóvski
O percevejo

Lev Tolstói
Felicidade conjugal

Nikolai Leskov
*Lady Macbeth
do distrito de Mtzensk*

Nikolai Gógol
Teatro completo

Fiódor Dostoiévski
Gente pobre

Nikolai Gógol
*O capote
e outras histórias*

Fiódor Dostoiévski
O duplo

A. P. Tchekhov
Minha vida

Bruno Barretto Gomide (org.)
Nova antologia do conto russo

Nikolai Leskov
A fraude e outras histórias

Nikolai Leskov
*Homens interessantes
e outras histórias*

Ivan Turguêniev
Rúdin

Fiódor Dostoiévski
*A aldeia de Stepántchikovo
e seus habitantes*

Fiódor Dostoiévski
*Dois sonhos:
O sonho do titio e
Sonhos de Petersburgo
em verso e prosa*

Fiódor Dostoiévski
Bobók

Vladímir Maiakóvski
Mistério-bufo

A. P. Tchekhov
Três anos

Ivan Turguêniev
Memórias de um caçador

Bruno Barretto Gomide (org.)
*Antologia do
pensamento crítico russo*

Vladímir Sorókin
Dostoiévski-trip

Maksim Górki
*Meu companheiro de estrada
e outros contos*

A. P. Tchekhov
O duelo

Isaac Bábel
*No campo da honra
e outros contos*

Varlam Chalámov
Contos de Kolimá

Fiódor Dostoiévski
Um pequeno herói

Fiódor Dostoiévski
O adolescente

Ivan Búnin
O amor de Mítia

Varlam Chalámov
*A margem esquerda
(Contos de Kolimá 2)*

Varlam Chalámov
*O artista da pá
(Contos de Kolimá 3)*

Fiódor Dostoiévski
Uma história desagradável

Ivan Búnin
O processo do tenente Ieláguin

Mircea Eliade
Uma outra juventude e Dayan

Varlam Chalámov
Ensaios sobre o mundo do crime
(Contos de Kolimá 4)

Varlam Chalámov
A ressurreição do lariço
(Contos de Kolimá 5)

Fiódor Dostoiévski
Contos reunidos

Lev Tolstói
Khadji-Murát

Mikhail Bulgákov
O mestre e Margarida

Iuri Oliécha
Inveja

Nikolai Ognióv
Diário de Kóstia Riábtsev

Ievguêni Zamiátin
Nós

Boris Pilniák
O ano nu

Viktor Chklóvski
Viagem sentimental

Nikolai Gógol
Almas mortas

Fiódor Dostoiévski
Humilhados e ofendidos

Vladímir Maiakóvski
Sobre isto

Ivan Turguêniev
Diário de um homem supérfluo

Arlete Cavaliere (org.)
Antologia do humor russo

Varlam Chalámov
A luva, ou KR-2
(Contos de Kolimá 6)

Mikhail Bulgákov
Anotações de um jovem médico
e outras narrativas

Lev Tolstói
Dois hussardos

Fiódor Dostoiévski
Escritos da casa morta

Ivan Turguêniev
O rei Lear da estepe

Fiódor Dostoiévski
Crônicas de Petersburgo

Lev Tolstói
Anna Kariênina

Liudmila Ulítskaia
Meninas

Vladímir Sorókin
O dia de um oprítchnik

Aleksandr Púchkin
A filha do capitão

Lev Tolstói
O cupom falso

Iuri Tyniánov
O tenente Quetange

Ivan Turguêniev
Ássia

ESTE LIVRO FOI COMPOSTO EM SABON,
PELA BRACHER & MALTA, COM CTP DA
NEW PRINT E IMPRESSÃO DA GRAPHIUM
EM PAPEL PÓLEN BOLD 90 G/M² DA CIA.
SUZANO DE PAPEL E CELULOSE PARA A
EDITORA 34, EM FEVEREIRO DE 2024.